KB272560

쉽게 자주 반하는 마음

쉽게 자주 반하는 마음

쉽게 자주 ✦ 반하는 마음

이에니
에세이

빛은 우리에게로 흐른다

만드는 일에는 늘 예측하지 못한 결과와 움직임이 숨어 있다. 그림을 그리고 사진을 찍고 글을 쓰고…… 여러 가지를 만드는 과정에서 하나의 시도는 다른 갈래로 이어지고, 처음에는 없던 모양과 리듬이 생겨나기도 한다.

산문을 엮기 위해 글을 쓰던 어느 날, 테오 얀센의 작품 〈스트란드비스트Strandbeest, 해변가 동물〉를 보았다. 플라스틱 파이프와 튜브, 페트병 등으로 이루어진 구조물은 바람만을 동력으로 삼아 해변을 걷고, 춤추고, 멈추고, 방향을 바꾸었다. 그것은 살아 있는 것도, 그렇다고 완전히 멈춘 것도 아닌 상태로 모래 위를 가로지르고 있었다. 얀센은 이 구조물을 서로 다른 요소가 결합해 탄생한 새로운 생명체로 보았고, 언젠가는 어떤 자연환경 속에서도 스스로 균형을 잡으며 해변을 걸어다니게 될 것이라고 했다. 내 뜻대로 조정할 수 있는 엔진 하나 없이, 예측 불가능한 바람 속에서 서로 다른 요소들이 연결되어 하나의 움직임을 만들어내는 모습은 각기 다른 속도로, 그러나 묵묵히 나아가는 형상들을 떠올리게 했다. 부드럽게 혹은 삐걱거리면서도 옆으로, 앞으로 나아가는 그 움직임이 왠지 낯설지 않았다.

나는 미국계 회사에서 비서로 오래 일했다. 동료들은 배울 점이 많았고 유머가 넘쳤다. 별 불평할 게 없는 직장생활이었고, 회사 일과 그림 사이를 오가며 살았다. 회사가 버거우면 그림으로 도망치고 그림이 힘들면 다시 직장인의 이름표를 붙였다. 둘 중 하나를 떼어내야 한다고 믿었던 시절도 있었지만, 돌아보면 어느 한쪽으로도 완전히 기울지 않았기에 두 가지 모두를 할 수 있었다.

남편의 발령으로 한국을 떠나 미국으로, 다시 미국을 거쳐 지금의 앙골라로 오게 되었다. 크든 작든 내게 붙어 있던 삶의 타이틀이 하나둘 떨어져나가는 것을 보았고, 낯선 책걸상 위에 가방을 내려놓는 전학생 같은 기분이 자주 들었다. 그림을 그리며 지나온 시간을 돌아보는 동안 여러 얼굴과 풍경이 떠올랐다. 가족과 지인들, 어느 도시의 하늘, 스쳐지나간 대화, 좋아했던 책들, 작가나 화가를 찾아 떠났던 여행들. 그 기억들을 하나씩 건져올려보았다. 그들의 표면을 닦을 때마다 새어나오는 독특한 질감과 빛이 있었다.

내게 글은 눈으로 보고 손으로 그린 뒤에 생기는 그림자다. 먼저 도착한 이미지를 붙잡고 그뒤에 따라오는 감정을 기다리며 그사이의 간극을 기록하는 일. 글쓰기는 그렇게 하나의 특수한 경험이 되었다.

나는 '각자 저마다의 방향과 속도를 가지고 있다'는 말이 왠지 좋다. 누구도 같은 길에 서 있지 않다는 사실에 어쩐지 안심이 된다. 멈추거나 걷고, 때로는 속도를 높이며 자유롭게 흘러가는 상태. 빛이 이미 우리 쪽으로 기울어져 있다는 것을 문득 자각하게 되는 순간들. 그런 열린 시간들을 자주 만나고 싶다.

감사의 말

출간을 제안해주신 달 출판사 대표님,

문장의 길을 다정하고 명확하게 밝혀주던, 사랑하는 변규미 편집자님,

감각적인 디자인으로 글과 사진의 짜임을 정리해준 조아름 디자이너님,

사랑하고 존경하는 아빠와 하늘에 있는 엄마,

매 순간 내게 빛을 비추고, 또 나를 울게 하는 글을 쓰는 쌍둥이 동생 제니,

꾸준함으로 자기 삶을 쌓아온 동생 진아와 남웅 그리고 제부 진열,

담백함과 뜨거움을 지닌 조카 다현과 강현,

언제나 은은한 빛을 만들어내는 친구들,

마지막으로

세상의 빛과 그늘을 함께 건너며

끝없이 펼쳐지는 풍경을 보여주는 남편 케이시에게

사랑과 고마움을 전한다.

2026년 3월

이에니

2부

1부

셜록 홈스와 존 왓슨

| 휴스턴 |

겨울 폭풍 '유리Uri'로 휴스턴 전역의 물과 전기가 끊겼다. 2월 평균 기온이 13도 남짓한 이곳에선 좀처럼 보기 드문 강추위다. 밤새 내린 눈이 삼사 센티미터 정도 쌓였고, 정전이 도시를 마비시켜 사방이 쥐 죽은 듯 고요하다. 낮에는 난방이 없어도 그럭저럭 견딜 만했지만, 해가 지자 실내 온도가 급격히 떨어졌다. 털모자와 패딩점퍼를 껴입은 케이시가 거실에 침낭 두 개를 펼쳤다. 우리는 캠핑 랜턴을 이마에 두르고 책을 펼치지만 금세 눈이 피로해져 책을 덮는다. 찬 바람에도 눈물이 나는 중년 둘은 천장에 어른거리는 촛불 그림자만 바라본다.

침낭 속 케이시가 문득 예전 요세미티 여행이 생각나지 않느냐고 묻는다. 요세미티. 남편이 그곳에서 청혼을 했었다.

우리에겐 특별한 곳이라 요세미티라는 대명사에는 '첫 시작'이라는 의미 하나가 더 얹혀 있다. 매일 치고 걷기를 반복했던 텐트와 우리가 묵었던 아와니호텔, 곰 때문에 냄새 나는 것들을 지퍼백에 담아 철제 캐비닛에 넣고서야 캠프그라운드로 돌아올 수 있었던 기억까지. 그렇게 옛 캠핑 이야기를 나누다 우리는 이내 잠이 들었다.

다음 날 아침에도 전기는 들어오지 않았다. 눈이 그치자 장갑과 모자를 챙겨 쓰고 밖으로 나갔다. 동네 사람들은 자기 집 앞의 눈을 치우고 있었다. 코로나로 평소 얼굴 볼 일 없던 이웃들과 인사를 나누며 정전과 폭설 이야기를 했다. 모두가 같은 불편을 겪고, 같은 바람을 품고 있다는 사실이 묘한 동질감과 연대감을 만들어냈다. 재난이 빚어낸 일시적 공동체의 고양감 같은 것일까, 인사를 건네는 이웃의 목소리는 은근 들떠 있고 쾌활하기까지 하다.

이웃과 인사를 나눈 뒤 밤새 내린 눈으로 엉망이 된 동네를 걸었다. 주변을 살피며 걷다보니 마치 동네 자율방범대나 사립 탐정이 된 기분이었다. 건너편 마트 트레이더 조 앞에서 직원들이 분주히 무언가를 나르고 있었다. 급할 것도 없는데 괜히 마음이 급해져, 셜록 홈스와 존 왓슨은 걸음을 재촉했다. 가까이 가보니 직원들이 초록색 대형폐기물수거함에 냉동식품과 신선식품을 죄다 쏟아붓고 있었다. 고작 몇 시간 만에 저게 다 상할 수가 있구나. 어디 기부라도 하면 좋을 텐데. 그러고 보니 모두가 정전이라 그 누구도 보관할 데가 없다.

동네의 야자수란 야자수는 모조리 얼어죽어 있었다. 하루 새 내린 눈에 저렇게까지 주저앉을 줄이야. 나는 케이시에게 저런 야자수는 집주인이 심은 건지 아니면 원래부터 있던 건지 물어보았다. 어떤 집은 이사오면서 심었을 테고, 어떤 집은 처음부터 그 자리에 있었을 거라고 했다.

"왓슨, 그럼 저런 야자수는 한 그루에 얼마쯤 해?"

"글쎄…… 크기에 따라 다른데…… 3미터 넘는 건 한 그루에 백만 원쯤 할걸."

"그럼 저 집은 하나, 둘, 셋, 넷…… 여섯 그루니까 하루 만에 나무값만 육백만 원이 날아간 거네. 근데 야자수는 날씨가 풀리면 다시 살아나?"

"아니, 저 잎들은 죽어버린 거야. 심각한 냉해를 입은 거지. 시금치를 삶으면 잎이 다시 살아나? 아니잖아. 아마 저 집은 야자수를 파낼 인부도 불러야 될걸? 어떻게 생각해, 왓슨?"

"음, 들어보니 그러네, 손실이 장난 아니겠네, 왓슨."

누가 셜록인지 누가 조수 왓슨인지 실랑이를 벌이며 걷다보니 어느새 버펄로바이우Buffalo Bayou하천 근처까지 와 있었다. 다리 밑에 사는 박쥐들이 어떻게 되었는지 보러 가려다, 눈이 신발에 들러붙어 미끄럽고 발끝이 시려 집으로 돌아가기로 했다. 집에 도착하니 전기도 수도도 끊긴 상태 그대로였다. 오늘도 침낭생활이다. 집안 여기저기에 초를 더 많이 켜두기로 한다. 전기와 수도시설 복구가 더뎌 침낭생활이 며칠 더 이어졌다.

며칠을 아침부터 밤까지 붙어 지내다보니, 누군가와 한 집에서 산다는 건 서로의 본성과 차이가 어디에서 드러나는지를 알아가는 일인 것 같다. 취향과 유머 코드가 비슷하다 해도 하루의 평온함은 별것 아닌 일로도 쉽게 깨진다. 좋은 관계라고 해서 특별한 비결이 숨어 있는 것도 아니다. 서로에게 결정적으로 거슬리지 않는 몇 가지 지점이 우연히 맞아떨어진 상태에 가깝다. 시간이 흐르면서 미처 몰랐던 귀여운 모습도 보게 되지만, 본 적 없던 후진 모습도 서로에게 보여준다. 싱크대 앞에서 요거트 은박지를 핥아 먹는 모습이나, 난데없이 엉

뚱한 핀트에 불쑥 화를 내는 모습들, 혼자 있을 때의 무표정한 얼굴도 더 자주 보게 된다. 처음 만났을 때와 달리 무던하고 미지근한 상태. 힘들이지 않아도 되는 본래의 자기 모습으로 돌아온 것이다. 어쩌면 그제야 '찐'으로 편안한 시간이 시작된 상태이기도 하고.

십수 년째 함께 살다보니 다투는 요령도 조금씩 생겼다. 예전에는 마찰이 생기면 그 자리에서 바로 옳고 그름을 따졌다면, 요즘은 한 걸음 옆으로 물러선다. 물러서는 태도를 회피라고 여긴 적도 있었지만 지금은 불필요하게 큰 폭탄을 터뜨리지 않으려는 숨 고르기라고 본다. 잠시 삐걱거려도 관계의 구조가 어떻게 돌아가는지를 알고, 화가 나도 극단으로 치우치지 않으려는 선택. 각자의 모습을 바꾸지 않고 나 자신을 속이지 않으면서, 있는 그대로 바라보는 시간이 필요하다는 걸 알게 되었다. 하지만 오늘의 물러섬이 내일도 통하는 것은 아니다. 나 자신이나 상황을 너무 검열하면서 '이래야 할까, 저래야 할까' 망설이다보면 상황을 제때 풀 수 없다. 운전중 차 안의 룸미러도 잠시만 봐야지 그것만 계속 들여다보면 앞차와 충돌하게 된다. 게다가 차마다 룸미러의 크기와 높낮이 각도

쉽게

가 다르듯 상황마다 시선을 맞게 조율하고 곧바로 전방을 주시해야 한다. 지금은 부딪혀야 하는지, 아니면 물러서야 하는지를 본능적으로 아는 것 또한 이 '물러섬'의 중요한 포인트다. 그리고 오늘의 셜록이 내일의 왓슨으로 서로의 자리를 유연하게 바꿔보는 일. 한쪽에만 삶의 책임을 지우지 않는 그 과정에서 이전엔 보이지 않던 입장이 보이고, 맞지 않던 성향도 그 사람의 방식 그대로 이해하기 쉬워진다. 애써 이해하려고 투입했던 불필요한 에너지가 줄어들면 관계는 단순해지고 가벼워진다. 무게가 줄어든 자리에서는 일상의 장면들이 훨씬 또렷하게 보이기도 하고.

집안 곳곳에 켜둔 촛불이 공간을 부드럽게 만든다. 한동안 정전이 이어지다 불이 다시 들어오면, 묘하게 김이 새는 기분이다. 그렇게 불이 들어오길 바랐는데 막상 전등이 켜지는 순간엔 이상하게도 내 편안함과 게으름을 한꺼번에 빼앗긴 기분이 든다. 어딘지 섭섭하고 슬퍼지기까지 한다.

케이시가 촛불 앞에서 손 그림자를 만든다.
"이봐, 왓슨, 그거 뭐야? 뭐를 만든 거야?" 내가 묻는다.

“맞혀봐, 왓슨.”

“모르겠는데…… 괴물이야, 왓슨?”

“고양이잖아, 귀도 있고 꼬리도 있잖아.”

“아니지, 얼굴이 없는데 무슨 고양이야.”

케이시가 다시 벽에 비친 손 그림자를 보라고 재촉한다.

“잘 봐봐, 왓슨, 자, 동그란 얼굴에 귀 두 개.”

“어? 진짜 고양이네, 어떻게 한 거야?”

케이시 왓슨이 방에서 춘식이 인형을 가져와 그림자를 만든 거였다.

“어휴, 여보 왓슨, 그건 반칙이지 반칙. 그런 식으로 하면 진짜 거슬린다, 거슬려.”

반칙과 거슬림이 난무하는 촛불 아래의 밤. 관계에 대한 깨달음과 실천 방향을 잘 알고 있으면 뭐 하나. 함께하는 낮과 밤은 늘 자기 마음대로 잘도 흐른다. 규칙이나 법칙은 정상적으로 작동하지 않는다. 붙어앉은 채로 반짝이는 서로의 오작동 센서를 보게 된다. 하지만 그것도 불이다. 반짝이는 불. 불이 들어오면 그것만으로도 족한 게 아닐까. 흐린 눈으로 서로의 결점을 바라볼 때, 비 오는 날 가로등처럼 몽글몽글 번져나가는 빛다발을 본다.

엄마와 개울가

엄마는 매일 일기를 썼다. 비가 오나 눈이 오나 매일 새벽 네시면 새벽기도를 가셨다.

호주에 있는 친구와 통화를 하다 대화가 자연스레 해외살이의 고달픔에 대한 이야기로 흘러갔다. 직장에 들어간 지 얼마 안 된 친구는 자신을 무시하지 않는 척하지만 은근히 무시하는 옆자리 동료 때문에 매일이 버겁다고 했다. 이게 자신에게만 그런 건지, 모두에게 그런 건지 모를 아슬아슬한 경계에 있다며, 그가 자꾸 자신을 돌아보게 만드는 '나쁜 반성'을 하게 만드는 사람이라고도. 그러다 친구가 불쑥 말했다.

"언니, 사람은 슬플 때보다 억울하고 답답할 때 일기를 쓰거나 교회를 가게 되는 것 같아."

그런가, 엄마는 매해 12월이면 내가 직장에서 받아오던 365일 양장 다이어리를 기다렸다. 금박으로 연도가 찍힌 남색 인조가죽 표지를 열고 하루도 빠짐없이 일기를 쓰셨다. 나는 그 일기가 힘들거나 울적한 이야기들로 채워져 있을 거라 생각했는데, 엄마가 돌아가신 뒤 몇 장 들춰본 일기에는 '○○의 회사 일이 많지 않았으면 좋겠다' '○○가 오늘 부산으로 이사를 갔다' '○○가 피곤해서 저녁도 못 먹고 바로 잠들었다' 같은 이야기들만 가득했다. 자식들은 이미 장성할 만큼 장성했는데도, 엄마 눈에는 여전히 모두가 아기였던 모양인지 혼자서 계속 육아일기를 쓰듯 하루하루를 기록하고 있었다. 그 안에 서러운 일들이 많을 거라 짐작했지만 펼쳐진 일기에는 가족에 대한 걱정과 바람뿐이었다.

몇 해 전, 엄마는 암 진단을 받은 뒤 두 달도 되지 않아 세상을 떠나셨다. 두 달은 죽음을 준비하기에도, 받아들이기에도 너무 짧았다. 병실에서 사망선고를 듣고, 장례식장에서 관이 닫히는 순간을 보았고, 화장터에서 온기가 남은 유골함을 품에 안아보았음에도 엄마의 죽음은 한동안 믿기지 않았다. 나는 그동안 '사망'이라는 단어를 쉽게 써왔다. 하지만 그 글자

가 내 삶으로 들어오는 순간 어떤 단어는 입안에서만 맴돌 뿐 쉽사리 발음되지 않는다는 걸 알게 된다. 휴대폰이 울릴 때마다, 현관문이 열릴 때마다 '엄마일까' 하고 달려가던 날들이 이어졌다. 두 달 전까지만 해도 아무렇지 않던 엄마가 사라지자 마치 잃어버린 물건을 찾듯 엄마를 찾아 헤맸다.

엄마가 사무치게 보고 싶을 때면 본가의 책장에서 가족 앨범을 꺼내 보았다. 오래된 앨범을 넘길 때마다 맞붙어 있던 비닐 내지가 떨어지며 찍찍 소리를 냈다. 사진 속 엄마를 보고 있으면 불현듯, 이 사람이 정말 내 엄마가 맞는 걸까 하는 생각이 든다. 나와 닮은 구석이 없어도 너무 없는 엄마. 나와 이어진 끈이 없는 것만 같아 어떻게든 닮은 구석을 찾아내고만 싶다. 우리 남매 중 나는 아빠를 가장 많이 닮았고 그 사실이 늘 좋았는데, 지금은 엄마와 내가 전혀 닮지 않았다는 사실이 가슴 아프다. 사진 속 엄마의 얼굴을 오래 들여다보고 있으면 내가 엄마의 일부가 아니라는 상실감이 밀려온다. 아주 작은 점 하나라도 좋으니 엄마와 닮은 표식을 찾아내어 내 얼굴만으로 엄마를 영원히 내 곁으로 불러들이고 싶다.

들판에 비스듬히 앉아 있는 엄마. 사진 속 엄마는 서른 살이었다. 햇빛 속의 키 큰 나무, 소낙비 같은 기운을 가진 사람.

주변 사람들은 그런 엄마를 여장부라 불렀다. 시원시원한 성미를 그대로 드러내곤 했다. 엄마가 집안일을 가르치거나 생활에 필요한 요령을 알려줄 때면 가끔 지휘관 같은 얼굴이 되었다. 어린 나에게 재봉틀과 뜨개질을 가르쳐주었고, 곧잘 따라 하는 모습을 보며 자신을 닮은 손재주라며 좋아하던 얼굴도 떠오른다. 정교하진 않았지만 필요한 것은 무엇이든 뚝딱 만들어냈다. 두툼한 이불을 겹겹이 말아 커다란 동굴 같은 집을 만들어주던 사람. 외할머니는 엄마가 열 살 때 세상을 떠나셨는데, 그래서였을까. 엄마는 어린 시절 자신이 받지 못했던 따뜻함을 우리에게 자꾸 만들어주려 했던 것 같다. 미용실 운영과 우리를 돌보는 일로 하루종일 바빴던 엄마는, 손님이 뜸한 틈에 밥을 급히 말아 먹고 동네 문방구로 달려가 학교 준비물을 사오곤 했다. 만약 엄마의 엄마가 곁에 있었더라면 엄마의 하루는 덜 고단했을까. 외로워 보이던 그 등을 나는 조금 덜 보게 되었을까.

칠팔월 한여름 늦은 오후면 엄마는 나와 제니, 그리고 동생 진아와 남웅을 데리고 개울가로 갔다. 가끔은 동네 이모들도 함께였다. 어른들은 그곳에서 빨래를 했다. 여름 더위 속을 걸을 때면 어린 시절 엄마와 자주 갔던 그 개울이 떠오른다. 그늘지고 차가운 냇물이 흐르던 곳. 그런데 그곳이 정확히 어디였는지는 잘 떠오르지 않는다. 마치 꿈속에서 본 듯 느리고 흐릿한 공기가 흐르던 장소. 그곳은 실제로 있었던 걸까. 아니면 꿈이었을까. 나는 다시 그 시냇가에서 엄마와 발을 담그고 싶다.

엄마는 그곳에 갈 때마다, 자신도 어린 시절 엄마와 이런 곳에 자주 왔었다고 말했다. 그때 나는, 어른이 된 엄마가 자신의 엄마를 그리워한다는 것을 몰랐다. 어른도 엄마를 그리워할 수 있다는 사실을 알지 못했다. 그 시절의 나는 그저 내 엄마만 있으면 됐고, 어른은 어른이니까 엄마 없이도 잘 살아가는 줄로만 알았다. 나이가 들수록 엄마가 더 필요해진다는 것 그리고 그 필요함은 상상 외로 크다는 것을 몰랐다. 혼자 낮게 "엄마, 엄마" 부르며 울다 잠드는 날이 많다는 것을, 그때의 나는 알지 못했다.

발목 정도 깊이의 개울에는 중간중간 발이 빠지는 곳도 있었고, 큰 돌 위의 보드라운 초록 이끼와 파래 같은 것들이 물결을 따라 부들부들 일어났다 누웠다 했다. 그 무렵 나는 이끼 낀 바위에서 미끄러져 뒤통수를 몇 바늘 꿰맨 뒤라 다시는 넘어지지 않으려고 고개를 숙인 채 바닥만 바라보며 조심조심 움직였다. 물 아래에서 굴절되어 보이던 이끼들은 왠지 모르게 조금 슬퍼 보였다. 엄마는 바위에 걸터앉아 우리를 물끄러미 바라보곤 했는데, 우리가 새우와 고둥을 잡고 있으면 엄마는 연신 큰 소리로 우리를 불러들였다.

"이리 와라, 거기로 가면 안 돼. 미끄러진다, 미끄러질라!"

작은 플라스틱 통 안에는 투명한 새우와 고둥, 게들이 가득했다. 새우잡이에 열중하다보면 서늘한 그늘 아래에서도 이마에 땀이 송골송골 맺혔다. 그럴 때면 엄마는 우리에게 물을 가볍게 튕기다가, 두 손 가득 개울물을 퍼올려 흩뿌리곤 했다. 우리는 곧장 요란한 야생의 아이로 돌변해 엄마와 동네 이모들에게 물세례를 퍼부었다. 놀다 지쳐 야트막한 물가에 드러누우면 귀 옆으로 물이 찰랑거렸다. 몸이 가라앉으면 아득한 바닷속 소리가, 물이 빠져나가면 엄마의 목소리가 번갈아 들려왔다. 입술이 파래지고 몸이 오들오들 떨리기 시작하면 엄마는 귀신같이 알아채고 우리를 물 밖으로 끌어내 커다란 타월을 슈퍼맨 망토처럼 둘러주었다. 우리 남매는 머리끝에서 발끝까지 물을 뚝뚝 흘리며, 먹을 수도 버릴 수도 없는 것들이

가득 담긴 플라스틱 통을 가슴에 안고 저물어가는 길을 따라 집으로 걸어갔다.

한낮의 열기가 여전히 남아 있는 흙길을 맨발로 걸으며, 동네에서 제일가는 골목대장이었던 엄마와 함께 걸어가던 시절. 그때가 우리의 진짜 여름이었다.

여름이면 어찌하여 그 어둑한 저녁의 빛이 다시 빛을 발할까. 왜 그 모든 장면들은 해를 거듭할수록 더욱더 생생한 채로 흐려지는 건지.

좋고, 슬프고, 하염없이 그립게.

무화과아보카도두부샐러드

| 휴스턴 |

무화과와 아보카도, 두부를 겹겹이 포개어 샐러드를 만들었다. 늦여름에 제철 무화과를 먹으며 곧 다가올 가을을 상상하는 일은 달콤하지만, 가장 좋아하는 여름 과일을 곧 더는 먹을 수 없다는 사실은 늘 아쉽다. 계절은 언제나 이렇게, 좋아하는 것들을 조금씩 데리고 떠난다.

떠나보내는 것들을 생각하다보니 지난 직장생활의 인연들이 떠오른다. 직장을 떠난 지 벌써 오 년이 넘어간다. 이제는 동료 없이 혼자 작업하며 보내는 시간이 자연스러워졌지만 많은 사람들과 매일 함께했던 날들이 문득 그리워질 때도 있다. 서로에 대한 배려를 켜켜이 포개었던 날들이, 속마음을 하나하나 설명하지 않아도 괜찮았던 그 사람들이.

'자신에 대해 이야기하면 할수록 점점 더 가난해진다'는 말이 있다. 많은 사람들 속에서 자기 노출이 일상이 된 시대일수록 침묵이야말로 자신을 지키는 하나의 방법이라는 말인 듯하다. 요즘은 말의 무게나 진심이 쉽사리 힘을 잃는다. 가까워졌다고 느낀 관계조차 어느 순간 피로로 변할 때가 있다. 믿고 속내를 내보였다가 뜻하지 않은 상황에 빠지기도 한다. 모든 삐걱거림을 시대 탓으로 돌릴 수는 없지만, 괜히 이 빠른 시대 탓으로 돌리고 싶어진다.

그래서인지 예전 동료들과 함께 쌓아올렸던 장면들이 더욱 애틋하게 느껴진다. 모든 것을 세세하게 말하지 않아도 서로를 이해했던 순간들. 반은 농담처럼, 가끔은 어디에도 도움될 것 없는 신변잡기를 나누던 시간들, 아무 목적 없이 흘러가던 시간들. 그 시절의 인연들은 지금도 마음을 부풀게 한다.

티 없이 웃는 순간들이 오래오래 이어지기를.

구멍난 티셔츠와 오징어땅콩

　케이시가 프로젝트를 위해 처음 한국으로 출장을 왔을 때, 나는 그와 같은 회사의 한국 지사에서 비서로 일하고 있었다. 그 시절 부산에서 거제도까지는 차로 두 시간 반 정도 걸렸고 그의 비행 편은 밤늦게 도착하는 일정이었다. 거제도에 도착했을 때는 이미 자정을 훌쩍 넘긴 시각이었다. 호텔에 체크인을 하고 객실에 들어섰는데 침대가 없어 잠시 어리둥절했다고 한다. 프런트 데스크로 내려가 사정을 이야기하자 침대 객실이 만실이라 온돌 객실을 배정할 수밖에 없었다며, 직원이 올라와 한국식 전통 이불을 펴주고 갔다고 했다.

　다음 날 사무실에 출근한 그는 전날의 해프닝을 우리에게 들려주었다. 한국에 도착한 첫날, 자신이 덮고 잔 빨강과 초록 바탕의 모란꽃무늬 이불에 커다란 용이 그려져 있었다는

"

이야기였다. 나는 "조선의 임금이 덮는 이불을 덮고 잤구나"
하고 농담을 건넨 뒤, 호텔에 전화를 걸어 객실을 바꿔주겠다
고 하자 그는 며칠 정도는 괜찮다며 같은 객실을 쓰겠다고 했
다. 한국식 온돌바닥이 불편할 텐데도 다른 문화를 무던하게
받아들이는 사람이었다.

며칠 뒤 그는 외국 출장을 앞두고 예방접종과 병원 통역
을 부탁하러 내 자리로 찾아왔는데, 구멍난 티셔츠 위로 팔 한
쪽에 은색 덕트테이프가 붙은 검정 패딩을 걸치고 있었다. 옷
이 찢어져 테이프를 붙였다고 했다. 어딘지 후줄근했지만 찢
어진 옷 따위는 대수롭지 않다는 태도였다. 그 순간 왜 록밴드
너바나의 커트 코베인이 떠올랐는지 모르겠다. 외모에 크게
신경쓰지 않는 걸 보니 웬만한 일은 대수롭지 않게 넘기는 타
입 같기도 했다.

이후 그와 결혼해 한국에서 십 년쯤 살다 그의 미국 발령
으로 얼마 전 미국으로 이사를 오게 되었는데, 미국에 온 지
얼마 지나지 않았을 때 그의 구멍난 티셔츠의 숨은 비밀을 알
게 되었다. 인디밴드의 그런지룩▨이나 그래니 코어 granny core

▨ 투박하고 낡은 듯한 반항적 스트리트 패션.
■ 할머니 감성의 빈티지하고 따뜻한 패션 스타일.

스타일을 좋아하던 나는 그의 낡고 해진 옷에 커트 코베인의 자유로운 영혼과 록 스피릿 같은 것을 투사해왔는데, 알고 보니 구멍난 티셔츠는 그의 태도와는 상관없는 일이었다. 그건 그저 성능 좋은 미국 건조기의 강한 열기 때문이었다.

좋아하는 이미지를 구멍난 티셔츠에 덧씌운 건 나였으면서 왠지 속은 기분이 들었다. 누군가를 해석할 때 얼마나 많은 환상과 착각이 끼어드는지, 그리고 별것 아닌 일에서도 서로 다른 문화는 얼마나 쉽게 오독되는지.

얼마 전 매사추세츠의 사촌 집에서 여름휴가를 보내고 케이프코드에 있는 우리집으로 돌아가던 길이었다. 한인 식료품점에 들러 식재료를 사기로 했다. 구글 맵에 따라 도착해보니 가게는 생각보다 작았고, 들어서자마자 통조림과 향신료, 건어물 냄새가 뒤섞인 외국 식재료 마트 특유의 냄새가 났다. 진열대는 곳곳이 비어 있었고 냉동고에는 얼음이 잔뜩 끼어 뭐가 뭔지 분간하기 어려웠다. 그래도 있을 건 다 있었기에 고추장, 쌈장, 멸치액젓, 비비고 냉동만두 같은 것들을 카트에 담고 과자 매대로 가 새우깡 몇 봉지도 집어넣었다.

케이시는 매대를 훑더니 계산대 점원에게로 가 '오징어

  쉽게

땅콩이 있냐'고 물었다. 점원은 그의 정확한 '오징어땅콩' 발음에 한 번 놀랐고, 외국인이 오징어를 찾는다는 사실에 두 번 놀랐다. 그는 자기 최애 과자가 바로 오징어땅콩이라며 정말 정말 정말 맛있다고, 정말이지 '정말'이란 단어를 몇 번이나 썼다. 케이시를 바라보는 점원의 얼굴에는 묘하게 흐뭇한 기색이 번져 있었는데, 그런 케이시의 뒤통수와 점원의 미소를 보고 있자니 문득 십오 년 전의 내 모습이 겹쳐졌다.

보스턴 로건공항에서 탑승 전 점심을 먹으러 샌드위치가게에 들어갔을 때였다. 주문하려면 써브웨이처럼 먼저 빵을 골라야 했는데, 진열대 속 베이글 중 자잘한 깨 같은 것들이 잔뜩 올라간 베이글이 있었다. 나는 삐삐 주근깨 같은 그 베이글을 가리키며 이걸로 하겠다고 했고, 직원은 "응, 엡띤베글 말이지!"라고 답했다. '엡띤베글'이라고? 베이글은 알겠는데, '엡띤'은 뭐지? 후루룩 흘러간 단어를 바로 알아듣지 못했지만 알아들은 척 고개를 끄덕였다. 자리에 앉아 검색해보니 그 베이글의 이름이 '에브리싱베이글everything bagel'이었다. 지금은 한국에서도 흔하지만 그때는 이 베이글에 이름이 따로 있다는 것도 몰랐다. 그 이후로 미국 샌드위치가게나 베이글가게에 가면 늘 '엡띤베글'을 시켰다. 마치 오래전부터 익숙하게 먹어온 사람처럼, 이런 것쯤은 아무것도 아니라는 듯이.

좀 확대해석일 수는 있지만, 나의 엡띤베글과 케이시의 오징어땅콩은 불확실한 세계에서 배재되지 않으려는 안전 욕구가 만든 작은 위장이었는지도 모른다. 외국생활에서 언제 생길지 모를 불안을 막기 위한 일종의 대비 동작. 자신을 보호하려고 억지로 끌어올리는, 볼이 미세하게 떨리는 웃음이나 과잉된 친절 같은 것들. 나는 너와 비슷한 사람이라는 동질감과 소속감을 흘려보내지만, 그 속에는 어쩌면 영원히 완전하게는 서로 섞이지 못할 것임을 알고 있는 자들의 서늘한 서글픔이 있다.

사람은, 만남은 이렇게 작은 오해나 해프닝에서 시작해, 예상치 못한 방식으로 삶의 일화를 함께 쌓아간다. 작은 오독과 조심스러운 흉내들은 시간을 통과하며 관계의 결을 한 줄 한 줄 만들어낸다. 그 퇴적층 안에는 문화와 언어가 서로를 비껴가며 남긴 갖가지 흔적들이 겹겹이 남아 있다.

오징어땅콩 봉지 바닥에 남은 부스러기처럼, 땅콩과 껍질은 따로 굴러다니다가 손에 잡힐 때마다 각기 다른 고소함과 바삭거리는 소리를 낸다.

산책, 나무 뒤에 숨기

| 케이프코드 |

케이시와 산책을 하면 나는 늘 몇 걸음쯤 뒤처진다. 나뭇잎의 모양이나 나무껍질의 질감, 발밑의 야생화나 솔방울을 들여다보느라 멈춰 서기 때문이다. 카메라를 들고 나선 날이면 거리는 더 벌어진다. 문득 고개를 들면 케이시는 어느새 시야에서 사라지고 없다. 잠시 주위를 둘러보는 사이, 그는 내가 걸어올 방향을 계산해 커다란 나무 뒤에 숨어 있다가 내게 솔방울을 날린다. 몇 차례 기습을 당하고 나면 나도 슬그머니 주머니에 탄약을 모은다. 언제 닥칠지 모를 적의 공격을 대비하고 적의 동선을 살피면서.

산책길에서는 개들을 자주 만난다. 그럴 때면 이번에는 그가 뒤로 처진다. 처음 보는 개와도 순식간에 친구가 되는 그는 개의 머리를 납작해질 만큼 쓰다듬으며 이름을 묻고, 주머니에서 강아지 간식을 꺼낸다. 내가 한참을 걷다 뒤돌아보면 그는 여전히 개들과 노느라 정신이 없다.

늘 이런 식으로 서로 다른 것에 마음을 빼앗기지만, 걷는 속도는 각자만의 것이라는 듯 우리는 보폭을 협상하지 않는다. 각자 좋아하는 것을 실컷 보고 마음껏 만진다. 함께 걷다가도 각자 걷고, 따로 걷다가도 다시 나란히 걷는다. 앞서거니 뒤서거니 하는 느슨한 산책 속에서 주머니 속 솔방울 탄약은 점점 더 불룩해진다. 붙어 있는 내내 적이 되었다 아군이 되기를 반복하는 상대를 향해 진심과 장난 사이를 오가는 솔방울 공격을 멈추지 않으면서.

요정의 숲, 링 오브 케리

| 아일랜드 |

아일랜드 케리 지역의 '링 오브 케리' 한가운데에는 요정의 숲이라 불리는 산이 있다. 이름 그대로 요정의 전설이 깃든 곳으로, 공식 지명이라기보다 아일랜드 전역에 퍼진 신화와 자연의 정서를 바탕으로 사회, 예술단체와 지역 주민들이 빚어낸 공간이다. 숲길을 걷다보면 신화와 전설을 보여주는 오브제들이 산 구석구석에 설치되어 있어, 어느샌가 그 신화 속으로 걸어들어가고 있는 자신을 발견하게 된다.

산의 초입은 여느 산과 크게 다르지 않았다. 하지만 50미터쯤 들어서면 좁은 오솔길을 따라 아주 작은 나무집들이 하나둘 모습을 드러낸다. 어떤 집은 나무에 매달려 바람에 흔들리고, 어떤 집은 땅 위에 낮게 놓여 있고, 또 어떤 집은 나뭇가지나 흙속에 반쯤 몸을 숨긴 채 지붕이나 문만 빼꼼 고개를 내

밀었다. 이 집들 역시 지역 주민들과 학생들, 사회단체 및 예술가들의 손에서 만들어졌다. 집들은 저마다 다른 형태와 분위기가 있었다. 정교하고 예술적인 집, 투박하고 어설픈 집, 본래의 재료를 살리려고 일부러 미완으로 남겨둔 집…… 정확히 세어보지는 않았지만 수백 개는 족히 넘어 보였다. 오솔길을 따라 집들을 하나하나 들여다보며 걷다보니 어느새 산중턱 깊숙이 들어오게 된다. 조금씩 다른 명도와 채도를 가진 초록빛의 커다란 카펫이 눈앞에 활짝 펼쳐진다.

쉽게

깊고 높은 산의 특징을 몇 마디로 말하라면 결국 초록, 초록의 초록이라 할 수밖에 없다. 초록은 고요하고 부드러운 모습으로 모든 것을 압도할 만한 기운을 품고 있다. 빛과 그림자가 만들어내는 초록의 겹은 우리가 알던 세계와는 다른 차원으로 우리를 데리고 간다. 손짓도 목소리도 없지만 분명한 울림으로 우리 내면을 다면적으로 흔든다. 마치 최면술사 같다. 새소리, 축축하고 따뜻한 공기, 본 적 없는 식물의 잎맥, 습한 이끼와 나무 냄새. 그 모든 감각은 우리를 부드럽게 감싸다가도 어느 순간 맹렬한 기운으로 후려치기도 한다.

숲은, 그 깊고 높은 산은, 낯설고도 놀라운 모습으로 자신들만의 언어를 쏟아내고 있었다. 그 장엄함과 신비로움 앞에서 우리는 찬탄하거나 침묵하게 된다. 그리고 그 순간, 자신도 알지 못했던 탐험가의 기질이 내면에서 서서히 깨어나기도 한다.

숲.

숲에 압도되고 나면 돌아가야 할 현실이 갑자기 사소하

게 느껴진다. 차라리 이곳에 눌러앉아 자연인으로 살아보면 어떨까. 종이 인형처럼 이리저리 나부끼던 일상을 뒤로하고 오롯이 나라는 존재로 단단한 삶을 살아볼 수는 없을까. 그게 그렇게 어려운 일이란 말인가.

걸음을 옮길 때마다 하나의 다짐과 하나의 결심이 몸 안에 쌓여간다. 숲이라는 거대한 세계를 걷다보면 하찮고 작은 존재로서의 불안이 사라지는 것은 아니지만, 내가 있어야 할 제자리를 찾은 것 같은 기분 속에 잠시 몸을 맡기게 된다.

그러나 산속에서 자연과 닮은 새로운 사람이 되었던 우리는, 산을 다 내려오기도 전에 이미 도시 인간으로 재빠르게 복귀한다. 산을 오르며 지친 팔다리, 끝없이 반복되던 초록 초록이여, 우리는 목이 마르다. 어디든 앉고만 싶어진다. 아이스 라테 한 잔이 간절해지고, 하늘을 뒤덮은 거대한 나무를 찍던 그 휴대폰으로 곧장 근처의 유명 커피숍을 검색한다. 불과 몇 분 전까지만 해도 우리는 헨리 데이비드 소로의 후예였다.『월든』의 한가운데를 걷고 있었지. 깊은 초록을 노래하며 당장이라도 돌아갈 비행기표를 취소할 것처럼 굴었지만, 숲길에서 멀어지는 만큼 숲속의 요정들은 그들의 최면으로부터 우리를 조금씩 떼어놓는다.

아주 잠깐 자신들이 사는 세계의 기운을 맛보게 한 뒤 곧바로 현실로 되돌려보내는 숲 요정들의 장난. 산길을 벗어나면 "셋, 둘, 하나!" 주문이 풀린다.

몸을 휘감던 초록의 에너지는
어느새 어디로 가버렸는지.
언젠가 문득, 이 깊고 고요한 기운을 다시 떠올릴 날이
오기는 오려는지.

우주를 닮은 빅벤드국립공원

| 웨스트텍사스 |

서부 텍사스에 있는 빅벤드국립공원Big Bend National Park을 돌아다니고 있다. 이곳의 길은 세상에 단 하나뿐인 길인 것처럼 다른 곳으로 새지 않고 하나로 곧게 뻗어 있다. 달리다보면 치와와사막의 평원으로 들어서는데 황토빛 흙바닥은 갈라져 있고, 바람이 불면 마른 풀들이 한쪽으로 드러눕는다. 먼지가 일면 시야는 금세 뿌옇게 흐려지고 잠시 안개 속을 달리는 기분이 든다.

빅벤드국립공원은 텍사스 지역 사막의 지형적 특성을 모두 품고 있다. 길을 따라가다보면 바람에 깎여 형태가 제각각인 거대한 바위산이 나타나고, 평지와 산맥, 협곡과 절벽, 강과 바위 군락이 차례로 모습을 드러낸다. 나와 케이시는 여태 본

적 없는 광활함과 기묘한 풍경 앞에서 이곳은 지구가 아니라며, 화성이나 다른 행성이 이런 모습일지도 모르겠다며 감탄을 주고받았다. 누구라도 이 길을 달린다면 비슷한 말을 하게될 거 같다. 말로 담기 어려운, 압도적으로 아름답고 독특한 자연 앞에서 느끼는 경이로움은 표현 방식이 다르더라도 감정의 깊이는 크게 다르지 않을 테니까. 사람은 자신이 알지 못하는 것, 상상을 넘어선 것을 마주할 때면 한없이 작아지고 겸허해진다. 그리고 그런 순간 앞에서는 무언가를 설명하려 할수록 부족함이 드러난다. 말들을 계속 주워 담게 되거나 아니면 비슷한 말만 반복하게 되곤 한다. 바로 지금의 나처럼.

그래서 글을 쓰는 사람들은 자신이 느낀 것의 한 조각을 붙잡기 위해 오래도록 책상 위에 앉아 있는 모양이다. 감정이 증발해 사라지기 전에, 마음속을 스친 장면이 다른 생각들로 덮이기 전에, 아직 언어로 드러나지 않은 그 무엇을, 희미하지만 분명했던 감각을 단 한 줄의 문장으로 붙잡기 위해서. 그러나 글은 시간을 쏟은 만큼 완성되지도, 원하는 만큼 다가오지도 않는다. 오히려 오래 앉아 있을수록 더 멀어지고 더 흐려지며 방향을 잃는 날도 많다. 그럼에도 글쓰는 이들은 다시 앉는다. 제니를 통해 그들의 얼굴을 볼 때가 많다. 그들은 느리고, 주저하고 멈칫거리지만 포기하지 않는다. 아니 포기하지 못한다. 어쩌면 그 느림 때문에 게으르고 덜 생산적인 존재라 오해받는 순간들도 있다. 나는 그 시선을 볼 때마다 조금 슬퍼진다. 글을 쓰는 사람들은 자기 안에서 정확한 단어 하나가 도착하기를 기다리는 사람들이다. 그들에게는 문장이 익어갈 시간이 절대적으로 필요하다.

글쓰는 사람을 수십 년 바로 곁에서 바라보며 그들을 꽤 잘 알고 있다고 생각해왔는데, 막상 내가 글을 쓰기 위해 매일 긴 시간 책상에 앉아 있어보니 알지 못했던 것들이 훨씬 많았다는 것을 알게 되었다. 글을 쓰려면 자신을 완전하게 내려놓아야 하고, 동시에 자신을 완전하게 내려놓으면 안 된다. 전혀 어법에 맞지 않는 말을 하고 있다는 것을 안다. 하지만 글을 쓰고 있는, 쓰려는 사람이라면 이 말이 가리키는 지점이 무엇인지 알 수 있으리라.

왜 갑자기 글쓰는 사람들에게로 생각이 흘러갔을까. 아마도 나는 압도적인 아름다움을 말로 제대로 옮기지 못하는 사람이라서, 그것을 마치 자신이 본 것처럼 대신 말해주는 그들의 문장을 부러워하고 있었던 것 같다. 그 능력이 이 순간의 나에게로 덧씌워지길 바라는 엄청난 바람 때문이었을지도 모르겠다. 하지만 한편으로는, 어떤 언어로도 다 담아낼 수 없는 아름다움을 세계 곳곳에서 여전히 발견할 수 있다는 사실 자체가 얼마나 가슴 벅찬 일인가. 내가 아직 모르는 아름다움이 많고, 그것을 선뜻 형언할 수 없을 때 그 마음은 뜻밖에도 또 다른 희망이 된다. 모르는 것을 향할 때 마음은 다시 상상하게 되고 알지 못하는 영역 너머로 기꺼이 뻗어나갈 수 있게 되니까.

세계의 끝처럼 느껴지는, 세계 바깥에 와 있는 것 같은 장소에서 내가 마주하는 것은 표현의 한계이면서 동시에 상상의 출발점이다. '말할 수 없음' 앞에서 멈추는 대신, 얕은 단어로 다시 감탄하고, 다시 상상하고, 다시 무언가를 자유롭게 창작하고 싶어지는 마음. 갑자기 어딘가로 날아오르고 싶은 마음. 그 누군가의 허락도 필요 없이 모두는 처음부터 마음껏 날아오를 수 있는 존재라는 것을 스스로 믿어 느끼는 순간. 그 힘이 나를, 우리 모두를 지금 이 순간까지 데려온 것이리라.

씨앗쿠키

| 루안다 |

씨앗쿠키

| 루안다 |

쉽게

밀가루 없이 씨앗쿠키를 구웠다. 몇 년 전부터는 밀가루를 쓰지 않는 게 대세다. 밀가루를 안 먹으려면 그냥 밀가루 음식 자체를 깨끗하게 포기하면 되지만, 그건 사는 게 사는 게 아닌 것을. 탄수는 또 먹어줘야 하니까. 그렇다보니 글루텐프리 제품이라든지 쌀가루나 아몬드가루를 많이 사용하고, 밀가루나 설탕처럼 하얀 재료들은 점점 사라진다. 따라쟁이인 나는 시대의 흐름에 순순히 편승한다. 흰 가루를 빼고 쿠키를 구워보았다. 건강을 생각한다면서도 꿀을 잔뜩 넣어서. 단 것 앞에서는 타협을 모르는 대쪽 같은 나 자신이여.

씨앗 한 컵, 달걀 한 개, 바닐라액스트랙트 1작은술, 꿀 1/3컵을 섞고, 170도 오븐에서 십이 분간 굽는다. 딱 십이 분이다. 여기에서 일 분만 더 넘어가면 쿠키가 얼굴빛이 어두워져요.

핀터레스트에서 처음 이 레시피를 봤을 때, 재료는 단순하고 성형과 굽는 시간도 짧아 요긴하게 쓸 수 있겠다 싶었다. 그리고 실제로 밤늦게 친구들이 집으로 놀러 왔을 때 그 요긴함을 제대로 증명하긴 했다. 그들을 앉혀놓고 이십 분 만에 바삭한 주전부리를 만들어냈더니 마법사라는 칭찬을 받았다.

단점이라면, 이 씨앗쿠키를 먹고 나면 곧바로 짭조름한 게 당긴다는 점이다. 떡볶이 같은 '짠'의 세계로 넘어갔다가 다시 '단'의 세계로 돌아오게 된다. 친구들은 냉동실에 가래떡이 있느냐, 있으면 거기에 꿀을 바를지 아니면 매콤한 고추장소스를 바를지 의견이 분분하다. 단짠단짠 순환이 몇 차례 반복되면, 처음엔 마법사 취급을 받던 씨앗쿠키 요리사는 어느새 돼지 사육의 주범으로 몰려 등짝을 몇 차례나 맞게 된다. 잘못한 것 하나 없는데 매를 버는 씨앗쿠키와 잘한 것만 잔뜩인데 매를 맞는 씨앗쿠키 요리사.

그럼에도 불구하고, 로렌스 애니웨이

| 루안다 |

십 년도 훌쩍 넘은 일이다. 거제도에서 서울이나 부산까지 예술영화를 보러 다니던 나와 제니는, 거제도에 예술영화 전용 극장이 생긴다는 소식을 듣고 믿을 수 없다는 듯 거실을 뛰어다녔다. 그곳이 문을 연 뒤로는 시간이 날 때마다 드나들었고, 어느 날은 케이시와 함께 자비에 돌란 감독의 영화 〈로렌스 애니웨이〉를 보러 갔다.

영화가 시작되고 첫 대사가 나오자마자 우리 셋은 동시에 서로를 바라보았다. 영어일 거라 생각했던 대사가 불어로 흘러나왔고, 자막은 한국어였다. 자비에 돌란 감독이 캐나다 출신이니 당연히 영어로 만든 영화일 것이라고만 생각했다. 캐나다에서는 불어도 모국어처럼 쓰는 인구가 많다는 것을 잘 몰랐던 것이다. 나와 제니는 자막을 보면 되지만, 케이시는 불어도 한국어도 이해할 수 없으니 낭패였다. 러닝타임이 세 시간을 훌쩍 넘는 영화라 그냥 나가자고 했지만 케이시는 못 알아들어도 괜찮다며 그냥 보겠다고 했다. 관객은 우리 셋뿐이었고, 난방이 약한 극장이어서 발끝이 시려오기 시작했다. 영화가 길어질수록 케이시가 지루하지 않을까 마음이 쓰였다.

영화의 한 장면. 로렌스가 자신의 정체성을 고백한 뒤 연인 프레드와 새로운 삶을 살기로 하고 눈 덮인 외딴 섬에 도착해 길을 걷는 시퀀스였다. 그때 갑자기 알록달록한 옷들이 하늘에서 꽃가루처럼 흩날리며 땅으로 떨어졌다. 성별의 경계에서 벗어나 자신이 원하는 모습으로 살겠다는 해방감을 색색의 옷으로 보여주는 장면이었다. 수백 수천 개의 옷이 땅으로 천천히 떨어질 때 제니는 그 느리고 유려한 미장센이 마음에 들었는지 내 왼팔을 꽉 꼬집었고, 지루해진 케이시는 내 오른팔을 세게 쥐었다. 난방이 잘 되지 않는 극장에서 이미 몸이 덜덜 떨리고 있었는데 두 팔까지 얼얼해지자 영화는 더 춥고 아프게, 어딘가 서늘하게 느껴졌다. 영화관을 나와 저녁을 먹으며 케이시에게 영화가 어땠는지 물었다. 그는 흐름을 따라갈 수는 있었지만 대사를 알아들을 수 없으니 맥락을 잡기가 힘들어 시간이 느리게 갔다고 했다. 외국어로 사는 일은 온몸의

집중을 끌어와야 한다는 걸 알기에 그의 말이 단번에 이해가
되었다.

　　신혼 초, 직장과 집에서는 대부분 영어를 썼다. 일상적인
소통에는 큰 무리가 없었지만, 영어 문장과 말하기의 폭을 더
넓히고 싶었다. 칼러케이션collocation▒이나 슬랭, 미국식 유머
까지 모두 이해하려는 건 욕심에 가까웠고, 그보다는 일상적
인 영어 표현만이라도 원어민처럼 쓰고 싶었다. 하지만 그 시
기의 나는 직장생활과 책 일러스트 작업, 집안일만으로 하루
의 에너지가 바닥나곤 했다. 그러다보니 회사에서도 집에서도
채워지지 않는 갈증이 있었다. 이상하게도 모국어 사이의 침
묵에는 반성의 기운이 드리워지지 않는 반면, 외국어를 쓰는
관계에서의 침묵은 자신의 언어능력을 돌아보게 만든다. 그런
기분이 들면 피로가 한 겹 더 얹히면서, 한국식 농담을 섞어가
며 모국어로 말하는 시간이 그리웠다. 말하기에 별다른 조합
이나 계산이 필요 없는, 한 방울의 에너지도 들일 필요 없는
모국어 자체가 통째로 그리웠달까.

▒　연어連語, 함께 자주 쓰이는 단어들의 결합.

이런 생각이 조금씩 쌓여가던 어느 날, 케이시에게 내가 미국사람이었거나 교포였다면, 아니면 당신이 한국어를 조금만 더 잘했더라면 우리의 하루는 덜 피곤하지 않았을까 하고 한숨 섞인 소리를 했다. 그러자 그는 내 말이 채 끝나기도 전에 조금 슬프고 조금 울먹이는 투로 "부헝이! 개애쿠리!" 하고 외쳤다. 그 두 단어는 우리가 어디를 가든 데리고 다니던 봉제 인형 '부엉이'와 '개구리'의 이름이자 그의 입에서 툭 치면 바로 나오는 몇 안 되는 한국어였다. 그는 그 순간 자기가 아는 가장 확실한 한국어로 '나도 한국말을 잘하고 싶은데 내가 할 수 있는 말이 이것뿐이야'를 말하고 있었다. 반사적으로 튀어나온 그 말 속에는 그의 어려움과 안간힘이 섞여 있었다.

타국에서 낯선 언어로 하루를 살아가는 일이 그에게도 쉽지 않았을 것이다. 세탁기의 헹굼이나 탈수 버튼 위에 'Rince' 'Spin'이라고 적은 작은 스티커를 붙여가며 익숙해지던 시간들. 그런 날들이 그에게도 분명 고단했으리라는 생각이 그제야 뒤늦게 들었다.

한국과 미국을 오가며 두 언어 사이에서 십오 년을 살았고, 지금은 아프리카 앙골라에서 포르투갈어 수업을 듣고 있다. 또 하나의 언어가 우리 앞에 놓였다. 포르투갈어를 자의로, 흥미로 시작했다면 배움에 처음부터 마음의 준비가 되었을지도 모르지만 의무처럼, 과제처럼 배우는 일이라 그런지 진도가 좀처럼 나가지 않는다.

처음엔 포르투갈어 알파벳이 영어와 같으니 쓰는 단어와 발음도 많이 비슷할 거라 생각했다. 그런데 첫 수업에서 선생님이 에이, 비, 시, 디가 아닌 아, 베, 세, 데라고 읽어내려가는 순간부터 화들짝 놀랐다. 같은 문자가 다른 소리로 발음되는 것이 이상한 일이 아닌데도 내 머릿속에서는 제발 좀 쉽게 가자는 마음이 단단히 자리잡고 있었던 모양이다. 게다가 포르투갈어에는 K, W, Y 같은 알파벳은 거의 쓰이지 않는다거나 K는 외국 이름이나 브랜드 같은 고유명사에만 쓰인다는 점, 모든 명사에는 남성형과 여성형이 있고 형용사는 성별과 수에 따라 어미가 달라진다는 설명을 들으며 얼굴이 점점 굳어졌다. 받아들이려는 마음보다 밀치려는 마음이 큰 상태라 그런지 벌써부터 벽에 부딪힌 기분이었다.

그렇게 몇 주가 지나, 이제는 아침과 점심, 저녁인사나 "있어요, 없어요" "커피에 우유를 조금만 부어주세요" 정도는 말할 수 있게 되었다. 하지만 앙골라 영화관 매표소에서 "이

영화는 포르투갈어 더빙인가요, 아니면 자막인가요?” “팝콘은
달콤한 캐러멜팝콘으로 주세요” 같은 말을 손가락으로 가리
키는 것 없이 자연스럽게 내뱉으려면, 앞으로 얼마나 더 많은
시간이 필요할까.

딸기는 모랑구, 올리브는 올리바,
새는 파사루, 강아지는 카쵸후,
잠들다 도르미르, 지옥 인페르누,
부엉이, 개구리, 눈물 뿌애앵.

머리   head
어깨   shoulders (77ㅐ)
무릎   knees
발가락   toes

EE DEE WA — to children, dogs, etc.
HERE COME → 이리 와

왜 WAEH (why?)
오위 WAY WOH (Remember this)

(YOU)   ARE
TANG SHEENIN 미국 SARANG EE KA — ka makes a question
당신은   사람입니까?   Are you American?
네 (예),   사람입니다   Yes, I am "
아니오   사람이 아닙니다   No, I am not "

치마 Skirt   Moo jee gay = rainbow
해 Hae = Sun   ㅋ ㅌ Cotee Coat   수박 su bak
나무 Namoo = Tree   바지 Pajee = Pants   포도 po do = g—
산 San = Mtn   호박 ho bak = pumpkin   토마토 tomato
별 Pyul = Star   챠완 cham ey = squash   바나나 banana
꽃 Koat = Flower   당근 tang gun = carrots 피망 = pie— peeman—
불 Puhl = Fire   복숭아 pok sung ah = peach   오렌지 orange
모자 MoJa = Cap   버섯 po sot = mushroom 밤 pam = chest—
장갑 Jang Kop = Gloves 사과 Sagwa = apple   달걀 talgnal = e—
양말 Yang Mal = Socks 레몬 lemon = lemon   pam = nighttime
                                            hot = day time

케이시의 한글 공부 노트

구름 스크램블드에그샌드위치

| 루안다 |

스크램블드에그샌드위치로 늦은 아침을 먹는다. 달걀은 수란, 삶기, 찌기, 프라이 등 여러 조리 방식이 있지만, 폭신하고 촉촉한 샌드위치를 만들기엔 스크램블드에그가 단연 좋다. 만들기도 쉽고.

달걀 네 개(2인분)에 우유나 생크림 70밀리리터, 설탕과 소금 한 꼬집을 넣는다. 마늘을 좋아한다면 마늘가루나 파슬리를 조금 넣어도 좋다. 스크램블드에그의 맛과 형태는 불 조절이 좌우한다. 버터를 두른 팬을 약불로 유지한 채 오 분 정도 천천히 저어주면 되는데, '조금 덜 된 것 같은데' 싶은 순간 바로 불을 끄고 접시에 옮겨 담아야 한다. '이제 다 된 거 같은데' 싶은 순간이면 이미 촉촉함은 사라지고 단단한 지단이 된다.

무사히 폭신한 구름 스크램블드에그를 완성해 샌드위치를 먹으며 창밖을 보니 내 손안의 황금빛 구름과 달리 바깥은 회색 구름이 하늘을 가득 덮고 있다. 또 한바탕 비가 쏟아질지도 모르겠다.

어제는 아프리카 소낙비를 제대로 맛보았다. 열대 몬순 지역에 살고 있다는 사실이 새삼 실감나는 순간이었다. 십여 분 남짓, 천둥과 번개를 동반한 비가 폭발적으로 쏟아졌다. 살면서 이렇게 폭력적인 비를 본 적이 있었던가. 눈앞에서 보고 있는데도 이게 뭐지 하는 생각이 들 정도였다. 번개가 하늘에서 일자로 떨어질 때면 콘크리트바닥도 뚫을 듯했다. 과장이라 생각했지만, 오늘 빗물받이 파이프 아래를 보니 콘크리트가 깊게 파여 있었다. 며칠 만에 생긴 흔적은 아니겠지만, 짧은 시간에도 길바닥을 망가뜨릴 만큼의 비라는 건 틀림없다. 루안다 도로에 50센티미터가 넘는 깊은 포트홀이 생기고 차들이 거북이 운전을 하는 데에는 이유가 있다.

한국은 지금 봄을 재촉하는 비가 한창이라던데, 루안다는 채 느끼지도 못한 봄을 건너뛰고 곧바로 가을을 알리는 비가 잦다. 같은 비라도 대륙과 계절에 따라 전혀 다른 얼굴을

한다. 최근 몇 달 동안 나는 이 두 얼굴의 시간 사이를 오가고
있다. 익숙해질 만한데도 여전히 낯설기만 하다. 아마 한국에
가고 싶은 마음 때문에 한국이 아닌 것들에 쉽게 적응하려 하
지 않으려는, 보이지 않는 의지가 어딘가에 자리잡고 있어서
인 듯하다.

조지아 오키프

| 뉴멕시코 |

뉴멕시코 산타페는 꽃과 사막의 화가 조지아 오키프 Georgia O'Keeffe가 삼십대부터 노년까지 지내며 그림을 그린 땅이다. 다큐멘터리와 전시, 화집을 통해 자주 봐왔던 풍경이었지만 막상 그녀의 공간 속으로 들어가자 전혀 다른 세계로 발을 디딘 듯한 기분이 들었다. 스무 해 전, 제니와 파리 루브르 박물관에서 고흐의 〈해바라기〉 앞에 섰을 때가 떠올랐다. 그때 나는 왜인지 〈해바라기〉를 너무 쉽게 보면 안 될 것 같아 제니에게 먼저 보라고 하고, 잠시 등을 돌린 채 서 있었다. 오랫동안 간절하게 바라왔던 장면이 너무 순식간에 눈앞에 펼쳐지자 기대와 현실이 바로 연결되지 못해 잠깐 공백이 생기는 느낌이랄까. 마음속에서 오래 키워온 장면이 실제 세계와 정확히 겹쳐질 때, '이게 정말 현실인가, 이게 이렇게 쉬운 일인

가’ 하고 스스로에게 확인할 시간을 벌고 싶었던 모양이다. 산타페에 들어서자마자 그때와 같은 심정이 되었다.

　먼저 조지아오키프뮤지엄으로 향했다. 높은 천장과 정면의 큰 창 너머로 산타페의 하늘과 나무가 전시장으로 들어와 계절과 시간이 하나의 풍경처럼 펼쳐졌다. 시시각각 달라지는 빛은 벽과 그림을 스치며 실내 분위기를 계속 바꾸어놓았다. 안쪽에는 오키프의 초기 수채화와 목탄 드로잉이 걸려 있었는데 단순하면서도 유려한 선과 면은 놀라울 만큼 강렬했다. 작은 조약돌, 동물의 뼈, 마른 나뭇잎 같은 사물들은 그림 속에서 또렷하게 되살아나 있었다. 그 앞에 서자 어린 시절 길가에서 주운 돌멩이나 말라붙은 잎사귀를 오래 들여다보던 순간도 떠올랐다. 사소한 것에서 거대한 세계를 발견하던 그런 순간들.

　두번째 전시실에서는 색의 밀도가 확연히 달라졌다. 붉은 햇살과 주홍빛 하늘, 황금빛 사막, 길게 갈라진 바위와 마른 꽃잎이 화면을 가득 채우고 있었다. 자연은 형태와 색만으로도 이미 압도적이었다. 평소라면 전시를 한 번 둘러보고 바로 나왔겠지만 이날은 이상하게 발길이 떨어지지 않았다. 입구 벤치에 잠시 앉아 슬라이드 몇 장을 더 본 뒤, 다시 전시장으로 들어가 한 바퀴를 더 돌았다.

숙소로 돌아와 뮤지엄에서 구입한 화집을 펼쳤다. 그 안에는 조지아 오키프가 '나의 산'이라고 부르던 페데르날산과 그 산이 잘 보이는 고스트랜치 지역을 두고 남긴 글이 실려 있었다.

"뉴멕시코에 도착하자마자 여기가 내 자리라는 걸 알았다. 처음 본 순간부터 내 땅처럼 느껴졌다. 이곳에서는 집에 온 듯 마음이 편안해진다. 붉은 언덕을 걸을 때면 내 피부가 땅에 닿아 있는 듯 가깝게 느껴진다."

그녀가 매일 바라보았던 페데르날산과 고스트랜치는 어떤 느낌일까. 케이시와 나는 조지아 오키프가 살았던 고스트랜치의 메사룸Mesa Room에 묵기로 했다. 창밖으로 매일 페데르날산을 바라볼 수 있다는 점도 마음에 들었다. 아침과 낮, 저녁 그리고 계절을 건너며 그 창을 통해 산을 바라보던 그녀의 시선을 따라가보고 싶었다.

이른 새벽, 해가 뜨기 전 케이시와 함께 산에 올랐다. 차가운 공기에 뺨이 시렸다. 발밑의 거친 모래는 걸음을 옮길 때마다 서걱거렸다. 안개에 덮인 산맥은 연보라색과 회색의 중간 어딘가에 걸쳐 있었는데, 정오가 되자 풍경은 전혀 다른 얼굴을 드러냈다. 아침의 은은한 빛과 달리 이번에는 주황빛이 감도는 금빛으로 환히 빛났다. 산 전체가 거대한 금으로 뒤덮인 듯 반짝거렸다. 강렬한 햇살과 노란빛은 눈을 감았다 떠도 잔상으로 남아 시야를 따라다녔는데, 저녁이 되자 창밖으로 본 산은 남색에서 보라색으로, 다시 검은빛으로 천천히 가라앉고 있었다.

하루 동안 수없이 다른 빛과 형태로 변하는 하나의 산. 시시각각 달라지는 그 빛을 온몸으로 받으며 화면 너머로만 보던 그녀의 그림을 조금은 더 이해할 수 있었다. 한 장소에서,

한 사물에서 수많은 빛과 깊이를 찾아내려는 의지, 보이는 것의 이면을 들여다보려는 태도, 본 것을 자신만의 방식으로 그려내려는 고집. 그런 시선과 자세가 어떻게 쌓였는지, 그 끝에서 어떤 평온에 닿았을지 그 마음의 조각 몇 개를 스치듯 본 것만으로도 이미 충분하다는 생각이 들었다.

눈앞의 풍경을 오래 바라보고 있자니, 그녀의 그림은 사물을 임의로 재해석한 반半구상도 추상도 아니라는 점도 분명해졌다. 꽃과 뼈, 하늘과 구름, 사막과 산, 허공의 사다리, 화면에 놓인 형태와 색감이 지금 내가 보고 있는 실제 풍경, 거기에 그대로 있었다. 다큐멘터리에서 그녀가 말하던 흰 꽃, 동네 잡화점에서 예뻐 보여 사다가 그림에 넣었다던 그 조화. 그림이 잘 그려지지 않는 날이면 집으로 하나씩 주워왔다던 동물의 뼈들, 그 구멍난 뼈 너머로 보이던 날마다 달라진 하늘과 풍경의 색까지 모든 것이 눈앞에 그대로 있었다. 그림과 풍경, 삶과 자연은 분리되지 않고 하나의 세계로 이어져 있었다. 아마도 그녀는 낮게 드리운 강렬한 색채와 질감 속에서, 자신의 생을 기꺼이 쏟아부을 수 있는 완전한 시공을 발견했던 건지도 모른다.

낯선 땅에서 새로운 삶을 시작한다는 건, 그곳이 어디든 얼마나 오래 머물든 상관없이 설렘과 함께 어느 정도의 불안과 두려움을 동반한다. 하지만 이상하게도 그 두려움의 한가운데 서 있을 때, 자신이 진짜 원하는 것이 뭔지 더 분명해질 때가 있다. 그녀의 삶과 그림이 그 사실을 보여주고 있었다. 오직 자신과 자연만 있는 드넓고 고요한 장소에서 그녀는 홀로 살아갔다. 그 삶은 그녀의 내면을 비추는 하나의 풍경처럼 보였다. 그런 모습을 떠올리면, 인간은 누구나 겉으로는 드러나지 않는 어떤 의연함을 품고 살아간다는 생각도 든다.

살면서 "여기가 내 자리다"라고 확신이 드는 순간이 과연 몇 번이나 찾아올까. 아마도 삶을 둘러싼 다양한 조건들이 우리의 발목을 붙잡고 다시 같은 자리로 되돌려놓기에 확신이나 질문과는 거리를 둔 채 살아가고 있는지도 모르겠다. 어떤 생각이 나를 스쳤다 해도 그 느낌을 붙잡을 여유가 없어, 무엇도 분명하게 보이지 않는 상태일 수도 있고.

나는 어디에서, 어떤 모습으로 살아가고 싶은가. 이 질문 앞에서 내 안에서 오래 맴돌던 마음의 소리에 귀 기울이는 시간이 필요하다. 장소란 단순한 지리적 위치라기보다, 한 사람이 자신으로 살아가고자 할 때 자연스럽게 드러나는 삶의 좌표 같은 것이니까. 그것은 나라일 수도 있고, 동네나 집일 수도

 쉽게

있으며, 어떤 공동체의 모습일 수도 있다. 조지아 오키프가 뉴멕시코를 '나의 땅'이라 부르며 평생 그곳의 빛을 그려낸 일도, 결국 자기 안에서 떠오른 질문을 끝까지 따라갔기 때문일 것이다.

고스트랜치에서의 일정을 마친 뒤 우리는 리오그란데협곡을 지나 타오스로 향했다. 타오스를 거쳐 우리가 처음 묵었던 산타페의 숙소로 돌아가는 길은 이제 꽤 익숙하다. 길치인 나도 숙소 근처의 거리만큼은 더이상 헤매지 않게 되었다. 이발소 앞을 지나 길을 건너면 마트가 있고, 마트를 지나면 호두까기인형과 멕시코 전통 퍼펫이 걸린 책방이 나온다. 그 옆 골목을 돌면 기념품가게들이 줄지어 있고, 그 길을 따라 조금만 내려가면 며칠 동안 머물렀던 숙소가 있다. 처음엔 낯설기만 했던 풍경이 어느새 내 생활 반경처럼 느껴진다. 익숙해진다는 것은 이곳을 떠날 시간이 가까워졌다는 뜻이기도 하다. 왠지 떠나는 게 싫어져 익숙해지는 것 자체가 못마땅해진다. 입을 삐죽 내민 채 거리를 훑으며 내가 사려고 했던 기념품을 살지 말지, 여길 떠나면 이제 더이상 못 살 텐데 그걸 사러 가 말아, 뭐 그런 생각도 하면서.

떠남은 언제나 다른 길의 시작과 맞닿아 있다. 집으로 돌아가는 일 역시 새로운 길의 연장선에 놓여 있다. 돌아가는 길이라 해도 예전과 똑같지 않다. 그 길은 이전과 다른 상태의 나를 데리고 가는 새로운 길이기 때문에. 그리고 어쩌면 그 길들 위에서 비로소 나와 닮은 풍경 하나를 마주하게 될지도 모른다. 예상하지 못한 곳에서, 미처 자각하지 못했던 마음의 빛이나 방향을 발견하게 될지도.

2부

쉽게 자주 반하는 재능

| 루안다 |

오전 독서중, 책에 줄을 그을 연필을 찾느라 집안에서 삼만리를 했다. 미술용 연필들이 곳곳에 널려 있지만, 줄긋기용으로는 쓰지 않으려고 굳이 일반 연필을 찾아 돌아다니다니. 나에게는 여전히 그림이 책이나 글쓰기보다 높은 곳에 앉아 있는 모양이다. 독서를 마치고 점심을 먹고 있는데, 고등학교 시절 입시 미술학원을 함께 다녔던 친구가 짤 몇 개를 보내왔다. 화면 속 글귀를 보는 순간 웃음이 터졌다.

"남자들에게 군대 시절이 있다면, 미대생들에게는 입시 시절이 있다. 입시 미술을 한 사람들은 어쩔 수 없어. 마치 군대 얘기처럼, 절대 참을 수 없는 거지."
"삼 년을 시키는 대로 그렸더니, 대학 졸업하고 내 사업을 하는 지금도 여전히 실기시험 보는 꿈을 꿔요."

"군필자 미대생끼린 군대랑 미대 입시 얘기만 번갈아 해도 최소 세 시간은 순삭임."

그래, 나에게도 미술학원이 있었지…….

80년대 후반, 반 아이들 대부분이 야간자율학습을 할 때 나는 미술학원으로 향했다. 학원에서는 석고상 연필 소묘와 수채화 정물을 번갈아 그렸다. 구석의 탁자에는 배추, 고추, 삼각기둥, 구, 곰 인형, 책, 목장갑 등이 놓여 있었는데, 배추는 섬세한 잎맥과 식물의 결을, 곰 인형은 털의 질감을, 목장갑은 면직물의 거친 결과 축 늘어진 형태를 익히기 위한 것들이었다. 별 볼 일 없어 보이는 정물들이었지만 정예부대 요원들이다. 하나라도 없어지거나 위치가 바뀌면 난리가 났다. 내가 지금 그리고 있는 장갑의 손가락 모양을 절대로 바꾸지 말지어다!

수채화는 구도와 소실점, 거리감뿐 아니라 물감과 물의 성질, 색의 혼합, 번짐과 덧칠, 빛의 굴절까지 계산해야 했고, 미대 합격이 목표인 입시 미술학원답게 기계적인 그리기 공식 비슷한 것도 배웠다. '배추 그림자 = (마젠타 30퍼센트 + 프러

시안블루 70퍼센트) + 물 농도 30퍼센트', 이것을 배추가 탁자에 닿는 지점에서 약간 떨어진 곳부터 붓으로 한번 꾹 눌러주고…… 대략 이런 식이었다. 강사 선생님이 시범을 보일 때는 그토록 쉬워 보이는 것도 막상 직접 하면 마음대로 되지 않았다. 마치 시장 한복판에서 종이도 쇠도 슥슥 잘라내던 칼장수의 칼이 집으로 가져오는 순간 아무것도 썰지 못할 때의 배신감과 같았다.

거제도에는 입시 미술학원이 딱 하나뿐이었는데, 여름이면 대학생이 된 모교 선배들이 강사로 내려왔다. 그 당시 대학이 없던 거제도에서 대학생을 만난다는 건, 텔레비전 속 서태지와 아이들이나 H.O.T가 눈앞에서 사인을 해주는 것만큼 신기한 일이었다. '대학생이 뭔지는 알지만 대학생을 본 적은 없어요' 그 자체였다. 그런데 학원 강사로 오는 미대생 오빠들은 왜인지 하나같이 만화 속 남자주인공 같다. (이런 표현이 얼마나 클리셰인지 나도 안다, 너무 잘 안다. 진짜 상투적이고 식상해서 쓰기조차 망설여지지만, 사실을 사실이 아니라고 말할 수 없는 비통함이여.) 그들은 대체로 크고 약간 구부정한 키, 살짝 흩날리는 긴 머리, 낮은 목소리와 적은 말수를 가지고 있었다(왜?!). 실기평가 시간에는 눈물 쏙 빠지게 그림에 대한 지적을 하다가도, 낙담한 얼굴로 이젤 앞에 앉아 있으면 곁을 스윽 지나가며 "세상다 안 끝났다" 하고 툭 한마디 던지곤 했는데…… 왜, 왜, 내 머리는 왜 툭 치면서 지나가는 건데?! 혼내는 강사 오빠의 얼굴을 보고 있으면, 주변이 암전되고 아무 소리도 들리지 않았다. 눈, 코, 입만 보이면서 주위에 작은 무지개가 뱅글뱅글 돌아가고 샤랄라 빛이 번진다. 좋아하던 대상이 그림에서 사람으로 옮겨가고 있었다.

"C 강사 오빠가 나보고 자기가 좋아하는 인형을 닮았다고 하던데…… 설마 양배추인형 이런 건 아니겠지?"

"그 오빠 잔스포츠 배낭에 때묻은 그렘린 괴물이 달려 있던 거 같던데."

"뭐라고?"

상대도 나에게 마음이 있는지 없는지 실낱같은 단서를 찾기 시작할 때부터 탁자 위 배추의 그림자보다 더 중요한 수수께끼가 시작되었다. 그림 잘 그리는 재능은 그 자체로 경외의 대상이었고, 동경과 흠모는 자연스레 첫사랑으로 옮겨갔다. 이성에 대한 짝사랑은 고등학교 1학년이 끝나며 멈췄지만, 그때의 설렘은 지금도 퍼머넌트그린과 프러시안블루색 홀베인* 물감에 몇 방울씩 배어 있는 모양이다. 물감을 짤 때마다 학원 로맨틱코미디 장르의 냄새가 공기 중으로 탁 퍼지면서 나도 모르게 아련한 웃음을 짓고 있으니.

그림과 사람에게 반하는 일은, 내겐 언제나 구분이 잘 안 됐다. 손끝이 섬세한 사람에게 늘 마음이 간 걸까, 아니면 그림을 잘 그리는 사람에게 유독 쉽게 마음이 간 걸까.

고등학교 2학년 때 새로 온 전임강사 선생님은 까만 뿔테 안경을 쓴, 단호하고 직설적인 말투를 가진 여자였다. 그녀에 대한 일화들은 늘 나의 환상을 자극했다. 넓은 학교 정문 앞 대로변에서 담배를 꼬나문 여자는 그 선생님이 처음이었다든지, 고교 시절 재능을 알아본 은사님의 전폭적인 지원으로 미대에 들어갔다든지……. 그러던 중 결정적인 반함의 스파이크가 튄 것은 선생님이 첫 데생 시범을 보이던 순간이었다. 연필선 몇 줄만으로 석고상 줄리앙과 비너스의 곱슬거리는 머릿결이 살아났다. '사람이 이렇게도 그려낼 수 있구나.' 나는 또 반해버리고 만다. 반하기 상습범은 선생님의 시범작 앞에서 넋을 놓고 앉아 있는 날이 많았다.

※ 일본의 대표적인 미술용품 브랜드.

어느 주말, 선생님과 수채화반 아이들과 동네 항구로 야외 수채화 수업을 나갔다. 돌아오는 길, 선생님은 길가에 아무렇게나 놓인 물통에 자신의 안경을 한두 차례 헹군 뒤 물기 젖은 안경을 그대로 썼다. 정해진 틀이 없는 사람. 멋져 보이려는 제스처가 아니었다. 애초에 '계산된 멋짐' 자체를 모르는 태도였다. 또 한번 반하고 만다.

사실 그 시절의 나는 무엇에든 누구에게든 반할 준비가 돼 있었던 모양이다. 잡지 속 그림에도, 강사들의 실력에도, 선생님의 시범작에도, 그녀가 안경 씻는 모습에도, 우리 엄마가 친구와 통화하며 "우리 큰딸은 그림 하는 애라서 야간자율학습은 안 가지……"라며 나를 '그림 하는 애'라고 칭하던 순간에도, 미술학원을 안 가는 날에도 화구박스와 검은색 지통을 어깨에 둘러메고 길거리를 쏘다니던 나 자신에게도. 대학 시절 작업실에서 밤을 새우며 그림을 그리던 때도, 사회에 나와 직장생활을 하며 마음만큼 그림을 그리지 못하던 순간에도, 그림 잘 그리는 사람들이 넘쳐나 내가 헤집고 들어갈 틈이 있을까 움츠러들던 순간에도, 나는 끊임없이 반해왔구나. 적어도 그림 앞에서만큼은, 나는 언제나 반하는 재능 하나만은 누

 쉽게

구보다 뛰어났다.

누군가 내게 '왜 계속 그림을 그리느냐' 묻는다면, 아마 나는 곧바로 그럴듯한 대답을 하지 못할 것이다. 마음 깊은 곳에 나만 아는 이유가 몇 개쯤 있지만 굳이 꺼내진 않을 것이다. 대신 이렇게 말할 것 같다.

나는 늘 반할 순간을 기다린다고.

자꾸만 반하는 순간들과 반하는 나 자신의 모습을 목격하는 순간이 좋다고.

목적 없는 그림을 그리고, 그게 돈이나 성공, 명성으로 이어질지 따지지 않으면서 그저 계속 끄적이고 있는 나를 좋아한다고.

아무것도 그리지 못한 날에도, 머릿속으로만 그림을 그릴 때에도 '그래도 괜찮다'고 말해주는 나 자신을 좋아한다고.

결국 가슴을 다시 뛰게 하는 어떤 순간들이, 또다시 나를 그림 앞으로 끌어당기고 있을 뿐이라고.

변명인지, 고백인지, 자백인지 모를 대답만 할 것 같다.

밀크푸딩과 무화과

| 루안다 |

한국에 오면 유난을 떨며 챙기는 것이 있다. 바로 두부와 우유다.

미국이나 앙골라에서 갓 떠내 김이 오르는 두부를 만나기란 하늘의 별 따기다. 미국에서도 두부를 구할 수는 있지만 H마트 정도의 한국마트가 아니면 내가 원하는 두부를 찾기 어렵다.

우유는 사정이 조금 다르다. 미국에서는 우유의 종류가 많아도 너무 많다. 홀밀크, 지방 2퍼센트 밀크, 스킴밀크(무지방 우유), 오트밀크 등등 종류가 많다보니 뭘 골라야 할지 몰라 애를 먹는다면, 앙골라에서는 아예 생우유 자체를 볼 수가 없다. 냉장 유통망과 낙농업 환경이 갖춰지지 않아 신선우유의 공급 구조를 만들기 어렵기 때문이다. 그래서 앙골라에서 마시는 우유는 대부분 멸균 처리된 장기보관용이다.

그러다보니 한국에만 오면 두부로 이것저것을 해 먹고 우유도 하루에 한 컵씩 챙겨 마시게 된다. 두부로는 여러 요리를 하는데, 엄마에게 배운 레시피로 톳을 넣어 담백하게 무쳐 먹는 것을 좋아한다. 덕분에 매일 식탁 위로 하얀 것들이 잔뜩 올라온다. 그 하얀 한입이 타국에서 오래 묵은 아쉬움 같은 것을 달래준다.

한국에 잠시 들어갔을 때 친구가 만들어준 우유푸딩에 빠져, 루안다로 돌아와 친구의 레시피로 바닐라푸딩을 만들어 단팥과 무화과를 곁들여보았다.

기본 재료는 우유 600밀리리터, 설탕 60그램, 바닐라 5그램, 생강시럽 10그램, 젤라틴 8그램이다. 모든 재료를 냄비에 넣고 중불에서 삼 분 삼십 초간 천천히 끓인다. 설탕이 완전히 녹고 우유 표면에 미세한 거품이 일기 시작할 때 불을 끄면 된다. 푸딩 용기에 부어 냉장고에서 두 시간 이상 식히면 부드럽게 굳는다.

젤라틴 대신 한천이나 녹말을 사용해도 되는데, 한천을

사용할 때는 굳는 시간이 조금 더 길어지고 식감이 단단해진다. 바닐라 대신 럼이나 시나몬을 넣으면 풍미가 깊어지며, 생강시럽은 단맛 사이로 은은한 향을 남긴다.

멸균우유로 만든 밀크푸딩은 생우유에 비하면 조금 아쉽지만 이 정도도 나름 괜찮다.

코끼리 구름

| 코퍼스크리스티 |

케이시와 쓰레기를 버리러 나왔다가 밤하늘을 올려다본다. 사방은 어둡지만 하늘만은 밝다. 저멀리 해무에 가려 아련하게 번지는 정유소의 불빛과 평소와는 다른 모양의 구름들이 층층이 하늘을 덮고 있다. 마치 땅에서 피어오른 수증기가 구름과 섞여 더 높은 곳으로 스며오르는 풍경이다.

내가 뭉게뭉게 피어오른 커다란 구름을 가리키자 케이시는 "어, 유니콘? 아기 코끼리? 무지개도 있네"라고 말한다. 같은 풍경을 보고 같은 모양을 찾아내는 사람이 있어 밤은 어둡고 차가워도 환하고 따뜻하게 느껴진다.

구름 사이로 별을 바라보고 있자니, 몇 달 동안 살에 박혀 있던 가시가 빠져나가는 기분이다. 한국을 떠나온 지 석 달째.

케이시의 출근 시간인 새벽 다섯시에 맞춰 일어나는 생활 때문이기도 하겠지만, 오래된 내 출근 습관 탓에 다섯시 이전에 눈이 떠지는 날이 많다. 이제는 직장을 다니는 것도 아니고 정해진 일과가 있는 것도 아닌데, 아침이면 '지금쯤 이런 일들을 하고 있겠네'라며 시간을 가늠하고, 오후 열두시가 되면 점심시간, 오후 다섯시가 되면 자연스럽게 퇴근 시간을 생각한다. 몸이 아직도 직장인의 루틴대로 움직이고 있는 것이다.

스스로의 시간을 마음대로 쓸 수 있음에도 기계적으로 하루를 따라가고 있다. 자유란 자신의 시간을 스스로 운용하는 데서 시작된다고들 하는데, 나는 아직도 철창을 완전히 벗어나지 못한 모양이다. 겉으로는 직장을 떠났지만 여전히 직장인의 삶을 살고 있으니. 그런데 이런 생각들을 이렇게까지 곱씹는 게 중요한 일일까 싶어지기도 한다. 시간을 어떻게 쓰든 어쩌면 그리 고민할 일은 아닐지도 모르는데 나는 대체로 무엇이든 조금 더 생산적이어야 한다고 여겨왔다. 쉬는 시간마저 허투루 쓰면 안 될 것 같아 쉬고 있으면서도 마음 한구석이 바쁠 때가 있었다.

일상에 루틴이 필요하다는 생각에는 여전히 변함이 없지만 너무 많은 것에 무게를 두고 '모든' 일을 '잘' 해내려 들면 오히려 삶이 더 버거워지는구나. 중요하다고 여기는 것이 많을수록 그 무게에 짓눌릴 수도 있다는 사실도. 꼭 효율적이지 않아도 괜찮다고 여기는 시간들 속에 가만히 머물러보면서, 나는 스스로를 덜 재촉하는 쪽으로 움직이고 있는지도 모르겠다.

에크하르트 톨레의 『Now: 행성의 미래를 상상하는 사람들에게』에는 오리의 다툼 이야기가 나온다. 오리는 아무리 격렬하게 싸우더라도 그 시간을 결코 길게 끌지 않는다고 한다. 싸움이 끝나면 서로 등을 돌린 채 반대 방향으로 멀어지고, 몇 번 날개를 털어 과도하게 높아진 에너지를 스스로 가라앉힌 뒤 아무 일도 없었다는 듯 다시 나간다고. 마음이 부정적으로 부풀어오르거나 무거워질 때면, 툭툭 털어내고 흘려보내는 오리의 뒷모습을 떠올려봐야지.

아기 코끼리와 유니콘 모양의 구름 사이로 오늘의 별들이 흘러가고 있다. 이해할 수 없는 것들은 이해할 수 없는 채로 두고, 부족한 것은 부족한 대로 담담히 마주하라고 별들은 언제나 우리 머리 위에서 반짝이고 있는 거겠지. 바람과 구름이 흐르는 모습을 자주 보는 사람은 불면증 약이 필요 없다.

잠을 잘 잔다. 그래서 사람들은 숲으로, 산속으로, 불빛이 적고 밤이 까맣게 긴 곳으로만 가고 싶어지는지도 모르겠다. 별들은 언제나 생각에 생각이 꼬리를 물게 만들면서도, 모든 생각을 한 방에 깨끗하게 정리해주는 재능도 가지고 있다.

나의 코스모 나의 에피

| 거제도 |

최근 친구들로부터 반복해서 받은 인스타그램 릴스 영상이 있다. 뉴욕 길거리에서 친구처럼 보이는 사람들을 인터뷰하는 '베스티 NYCBesties NYC'라는 콘텐츠인데, 그중 "빌트인 베스트프렌드Built-In Best Friend, 태어날 때부터 함께인 최애 친구"라는 제목의 릴스다. 영상에는 칠십대 초반쯤 되어 보이는 은발의 미국여성 두 명이 등장한다. 한 사람은 노란색, 다른 한 사람은 주황색. 색깔만 다를 뿐 같은 디자인의 형광 반투명 뿔테 안경을 쓰고 있다. 인터뷰는 이렇게 이어진다.

"잠깐만요, 당신 둘은 친구예요?"
– 네, 친구예요.
"어디서 처음 만났어요?"

- 뱃속에서요, 우리 엄마 뱃속이요.

"오, 당신들은 쌍둥이군요."

- 네, 그래요.

"누가 언니예요? 얼마 차이예요?"

- 내가 언니고, 두 시간 먼저 태어났어요.

"자매라서 좋은 게 뭐예요?"

- 같이 쇼핑하는 거요, 아, 아니에요, 걷는 거, 진짜예요, 같이 걷는 게 제일 좋아요. 쇼핑하는 건 이제 좀 힘들어요.

"동생의 좋은 점이 뭐예요?"

- (질문이 끝나자마자, 언니는 동생을 와락 끌어안으며) 전부다, 전~부 다. 이 애의 모든 게 다 좋아요.

"그래도 한 가지만 꼽으라면요?"

- 애는 까다롭지 않아요. 내가 뭘 하자고 하면 그저 좋다고 해요.

"다른 쌍둥이들에게 당신들처럼 잘 지내기 위한 조언을 해주자면요?"

- 태어날 때부터 가장 친한 친구가 옆에 있다는 건 축복이라는 걸 알면 돼요. 이건 선물이에요.

"당신 둘의 이름은 뭐예요?"

- <u>코스모</u>Cosmo, 우주, <u>에피</u>Effie, 축복, 조용한 빛.

친구들은 내게 이 릴스를 보내며 한결같이 이렇게 입을 모았다.

"이거 보자마자 너희 둘이 떠올랐어. 할머니들 옷 입은 것도 너희랑 비슷해."

영상 속 은발 쌍둥이 할머니들은 줄무늬 티셔츠에 큼직한 패브릭 에코백을 메고, 머리엔 나비 집게 핀을 꽂고 있었다. 나는 이 영상을 곧장 제니에게 보냈다. 제니는 "진짜 귀엽고 사랑스러운 할머니들이네. 백발에도 같이 다니는 모습이 우리 미래를 보는 것 같다, 야. 왠지 애틋한 것이"라고 했다.

쌍둥이 사이의 연결과 공감에는 다른 관계들과 좀 다른 지점이 있다. 애써 맞춰가는 관계라기보다 힘들이지 않아도 서로의 분신처럼 곁에 서 있고, 말하지 않아도 같은 것을 느끼고 이해하며 언제나 서로의 편이 되어주는 존재.

나와 제니는 70년대 말 국민학교 시절, 닮은 얼굴과 흔치 않은 외국 이름 덕에 눈에 띄는 아이들이었다. 에니와 제니. 두

갈래로 머리를 땋고 같은 옷을 입은 채 등굣길을 걷던 일란성 쌍둥이. 그 시절 쌍둥이는 흔하지 않았다. 학교 전체를 통틀어 쌍둥이는 우리 둘뿐이었으니까. 우리는 어쩔 수 없이 비교와 호기심의 대상이 되었고, 일찍부터 너와 나, 우리라는 정체성에 대해 자주 생각했던 것 같다.

삼십대 초반, 우리는 대학을 졸업하고 거제도로 돌아왔다. 제니는 집에서 소설을 쓰고, 나는 호주 유학을 마친 뒤 조선소 외국인선주 사무실에서 비서로 일했다. 고등학교 시절 함께 미술학원을 다녔던 선배 Y와 자주 어울려 다녔는데, 주말이면 그의 차를 타고 거제도 곳곳을 돌아다녔다. 오랜 시간 살았지만 가보지 못한 곳이 많았기에 갈 데가 많았다. 모르는 동네에서 보이차를 마시고, 하천가에서 백숙과 수박을 먹으며 늙수그레한 아저씨처럼 어슬렁거리던 날들이었다. 그렇게 떠돌던 시간이 우리와 잘 맞았다. 흘러다니는 기분이 꽤나 좋았다.

그러던 어느 주말, 셋이서 늦은 저녁을 먹고 TV를 켰다. 〈순간포착 세상에 이런 일이〉에서 쌍둥이의 텔레파시 실험이 방송중이었다. 우리도 따라 해보기로 했다. 나는 방에서 8절

스케치북을 가져와 여섯 장으로 자른 뒤 모나미 매직으로 동
그라미, 세모, 네모, 엑스, 별, 달을 종이에 그렸다. 등을 맞대고
앉은 제니와 나 사이에는 선배 Y가 앉았다. 제니가 먼저 카드
를 고르고, 그 도형을 나에게 텔레파시로 보내기로 했다. 한 번
도 해본 적 없는 일이라, 눈을 감은 채 '도대체 뭘 어떻게 맞힌
단 말이지' 하고 생각하고 있었다. 그런데 그때 갑자기 깜깜한
어둠 속에서 영화 〈스타워즈〉의 광선 검 같은 빛줄기가 나타
났다. 그것은 사선을 오가며 엑스 자를 그리고 있었다. 오른쪽
에서 왼쪽으로, 다시 왼쪽에서 오른쪽으로. 선들이 점점 또렷
해지더니 마침내 선명한 글자가 나타났다. '설마, 엑스는 아니
겠지.' 나는 긴가민가한 목소리로 말했다.

"에…… 엑스?"

내 말이 채 끝나기도 전에 제니와 선배가 동시에 외쳤다.

"와, 맞혔다 맞혔어, 엑스다, 엑스. 와 세상에!"

우리는 신이 나 맞히기를 반복했다. 종이에 그려진 모든
도형을 맞혔다. 이번에는 내가 도형을 보내고 제니가 맞히기
로 했다. 나는 눈을 감고 머릿속에 네모를 천천히 그렸다. 얼마
지나지 않아 제니가 외쳤다. "네모?!!"

도형 같은 건 이제 너무 쉬워 범위를 넓혀 거실에 있는

물건들 중 하나를 보내기로 했다. 여름날, 거실 한편에서 타고 있던 모기향이 눈에 들어왔다. 나는 곧바로 그 나선형 이미지를 머릿속에 반복해서 그렸다. 잠시 뒤 제니가 머뭇거리며 말했다.

"서…… 설마…… 모, 모기향은…… 아니지?"

그날의 텔레파시 실험은 우리의 남다른 교감을 다시 확인시켜주었다.

몇 년 전부터는 제니에게 글쓰기를 배우고 있는데, 한국을 떠나 시차가 달라져도 수업은 이어지고 있다. 제니는 내 글을 읽고 느낀 것을 바로 말해줄 때도 있지만, 대개는 내가 어떤 생각으로 그 문장을 썼는지를 물어본다. 어떤 질문은 바로 대답할 수 있었지만, 어떤 건 내가 뭘 말하고 싶은지를 모른다는 사실조차 인지하지 못했던 터라 대답이 바로 떠오르지 않았다. 처음엔 제니의 그 질문 방식에 짜증이 나기도 했다. '왜 이런 걸 자꾸 물을까? 그냥 읽어보고 어떤지만 말해주면 내가 어떻게든 알 수 있을 텐데…….'

그러던 어느 순간, 그 질문들이 나를 글쓰기의 트랙 안쪽으로 천천히 밀어넣고 있다는 걸 알게 되었다. 내가 무엇을 왜 쓰는지, 알고 쓰는 것과 모르고 쓰는 것, 알면서도 못 쓰는 것과 모르면서 억지로 쓰고 있던 장면들이 조금씩 구분되기 시작했다. 반년쯤 지나자 글 속에서 생각의 구조가 이전보다 유연해진 것이 보였다. 여전히 흐릿했지만 글의 윤곽을 조금씩 잡아가고 있었다.

우리는 어릴 때부터 좋아하는 게 비슷했다. 제니는 글을, 나는 그림을 그렸다. 서로의 작업을 완전히 이해하는 건 아니지만 무엇이 마음을 흔드는지 어디가 미묘하게 부족한지는 비슷하게 읽는다. 작업 이야기를 나눌 때도 돌려 말하지 않는다. 내가 "이 부분은 조금 비약적이다. 전후 맥락이 더 있으면 좋겠어"라고 하면 제니는 왜 그 리듬이 필요한지, 왜 친절한 설명을 덧붙이지 않았는지에 대해 말해준다. 반대로 제니가 내 인물화를 보고 "눈빛이 인물 전체와 어딘가 안 맞는 거 같아"라고 하면 나는 금세 그 말이 맞다는 걸 안다. 그림을 계속 뚫어져라 쳐다보며 내가 느껴온 작은 의심을 정확히 짚어주는 사람이 제니니까.

누구보다 서로를 안다고 믿기 때문일까. 서로를 응원하고 지지하는 만큼, 다툴 때의 그 솔직함은 서로에게 커다란 여파를 남긴다. 서로의 말이 결정적으로 작용하는 것도, 서로의 의견이 중요해 하나의 잣대가 되기 때문일 것이다. 다툰 이유가 무엇이었는지도 모를 만큼 사소하지만, 대차게 한바탕하고 나면 둘 다 마음이 아프다. 너무 아프기 때문일까. 우리는 다투자마자 금세 서로에게 미안하다고 한다. 누가 먼저랄 것도 없이 커피 한잔하러 가자며 만난다. 커피를 마시고 길거리를 걷다가 명랑핫도그에 엑스트라핫칠리케첩을 얹어 먹으며 돌아다니다보면 누가 맞고 틀리고는 이미 사라지고 없다. 서로 조금이라도 멀어졌던 거리가 힘들었고 그래서 조금 슬펐던 마음만 남아 있다. 멀쩡하고 부족함이 없어서 서로 아쉬울 게 하나 없는 둘은 갈라놓기 쉬워도, 어딘가 부족해서 서로를 필요로 하는 둘은 떼어놓기가 힘들다. 떼어놓아도 뒤돌아보면 어느새 둘은 또 붙어 있다.

이 오래된 대화와 다툼, 그리고 격려는 우리가 쓰고 그리는 사람으로 살아가는 모습을 함께 만들어왔다. 작업 앞에서는 누구나 흔들린다. 누구나 정체된 것 같고, 자기복제만 하거나 자신이 무엇을 하는지조차 모를 때도 많으며, 가끔은 가진 것보다 부족한 것만 도드라져 보일 때가 있다. 자신의 바닥이 드러날까 두려워 한 발짝도 떼지 못할 때도 있다. 그럴 때 서

로는 서로의 옆에 있어준다. 우리는 평행의 시소를 유지할 때
도 있지만, 한쪽이 주저앉을 때면 다른 한쪽이 발을 땅에 내려
한쪽을 올려준다. 서로가 가진 작고 개별적인 빛을 서로에게
쏘아준다. 잃으면 어둡고, 다시 만나면 환해지는 빛을.

어느새 오십 중반의 중년이 된 우리는 요즘도 약속 장소
에서 만날 때면 익숙한 해프닝에 고개를 절레절레 젓곤 한다.
또 같은 색 티셔츠에 청바지를 입고 나타난 것이다. 같은 옷을
입고 길거리를 돌아다니는 중년 쌍둥이는 절대로 안 될 일이
라며 서로에게 옷을 갈아입고 오라며 등짝을 떠민다.

우리는 육십, 칠십이 넘어도 똑같은 옷차림에 에코백을
메고 함께 돌아다닐 것 같다. 골목을 걷고 또 걸어도 하고 싶
은 말이 넘쳐나 목적지에 다다르고 나서도 "조금 더 걷자"며
이미 지나온 골목을 다시 내려가기도 하겠지.

서로를 흡수했다가 반사하는 거울 같은 존재로, 그렇게
오래, 아주 오래. 걷고 또 함께 걸을 우리.

나의 코스모, 나의 에피.

고추장 차슈덮밥과 일본식 시금치절임

| 거제도 |

오늘은 고추장소스를 바른 돼지고기로 차슈덮밥을 만들고, 곁들임으로 일본식 시금치절임을 만들었다. 자극적이고 든든한 메인 요리와 산뜻하고 가벼운 반찬을 곁들이는 조합은 늘 실패가 없다.

시금치절임은 몇 년 전 제니, 케이시와 함께 도쿄 아키하바라에 있는 '마치 에큐트mAAch ecute' 레스토랑에 갔을 때 스타터로 처음 맛을 보고 반한 요리다. 검색창에 '도사즈土佐酢' '오히타시御浸し' '히타시浸し' 레시피를 치면 여러 가지 일본식 채소절임 담금법이 나오는 덕분에 냉장고 속 자투리 채소로 자주 만들어 먹게 되었다.

절임물의 기본은 다시마와 가다랑어포(혹은 물과 조미료 '혼다시'), 소금, 설탕이다. 이 재료들을 한데 넣고 육수를 끓여 식힌 뒤 간장과 미림을 일대일로 섞으면 절임물이 완성된다. 데친 채소는 물기를 최대한 짜서 차갑게 식힌 다음 용기에 담고 절임물을 붓는다. 하루 정도 숙성하면 담백하면서도 감칠맛이 살아난다. 채소가 물러지지 않도록 삼베나 천으로 꼼꼼히 물기를 짜는 것이 포인트다. 이 절임은 스타터로도 좋고, 고추장차슈처럼 간이 센 요리에 곁들이기도 좋다. 한번 만들어두면 제법 요긴하게 쓰인다.

메인 요리인 고추장차슈는 돼지고기 500그램을 간장 2큰술, 고추장 1큰술, 설탕 1큰술, 맛술 1큰술, 다진마늘 1큰술을 넣은 양념장에 한나절 재운 뒤, 약불에서 천천히 졸이듯 익히면 된다. 굉장히 간단하지만 '맵단짠'이 한데 들어가 있어 풍부한 맛이 난다.

고기가 윤기 있게 익으면 덜어내 한입 크기로 썰고, 팬에 남은 양념은 한번 더 끓여 농도를 걸쭉하게 맞춘 뒤 밥 위에 고기와 함께 끼얹으면 완성이다.

돼지고기로 수육이나 차슈를 만들 때면 자연스레 제부진열이 떠오른다. 몇 년 전 홀로 되신 아빠를 제니와 동생들이 살뜰히 챙기고 있지만, 엄마가 살아 계실 때와는 집안의 분위

쉽게

기가 같을 수는 없다. 제부는 주말이면 종종 수육을 만들어 아빠를 찾아뵌다. 큰 냄비에 고기를 삶고, 냄비 옆을 지키며 불을 조절하고, 한 김 식은 고기를 썰어 들고 간다. 자신도 쉬고 싶을 주말에 굳이 시간을 내어 음식을 준비해 장인어른을 챙긴다는 게 말처럼 쉬운 일은 아닐 텐데, 제부는 자주 고기를 삶는다. 해외에 머무느라 자주 찾아뵙지 못하는 나로서는, 제부가 건네는 따뜻하고 담백한 수육 한 접시가 엄마의 빈자리를 메워주는 것 같아 고맙기만 하다. 내 근사한 제부의 다정함이 수육에 배어 있다.

Dancing
Spoons
FOOD
TRUCK

아이스크림 트럭

| 케이프코드 |

미국의 여름 해변에서는 아이도 어른도 아이스크림 트럭을 기다린다. 케이시는 아이스크림 트럭은 단순히 여름 간식이라기보다 그냥 여름 그 자체라고 한다. 어린 시절 낮잠을 자다가도 멀리서 아이스크림 트럭의 멜로디가 들리면 벌떡 일어나 동전 몇 개를 쥐고 밖으로 뛰어나가곤 했다고. 동네 아이들과 머리를 맞대고 붙어서서 어떤 맛을 고를지 망설이던 순간의 두근거림도 또렷하게 기억난다고.

나는 한국 70~80년대의 아이스크림장수 이야기를 꺼낸다. 한국에서는 트럭이 아니라 아저씨가 원형으로 된 나무통 같은 걸 어깨에 메고 다녔고, 세로로 긴 통 위에 달린 검은색 고무 뚜껑을 열면 드라이아이스 김이 새어나왔다고, 그 안에는 '하드'라고 불리던 막대 아이스크림이 꽉 차 있었다고 말했다. 나도 어릴 때 "아이스케~키"라고 외치는 아저씨의 목소리가 들리면 엄마에게 돈을 받아 총알같이 튀어나가 '아이스케키'를 사먹곤 했다고.

나라와 문화는 달라도 신기하게 닮은 구석이 있다. 서로 다른 시대와 장소에서 자란 두 사람이 기억을 꺼내놓다보면, 다르다고 생각했던 순간들 사이에서 의외로 닮은 장면들이 모습을 드러낸다.

마침 아이스크림 트럭이 다가온다. 경쾌한 멜로디가 흘러나온다. 나는 하던 말을 멈추고 지갑에서 몇 달러를 꺼내 움켜쥔 채 단거리 육상선수처럼 트럭을 향해 달린다. 마음이 다급해져 걷는 도중 조리가 몇 번이나 벗겨진다. 앞서 달려가는 저 꼬맹이들을 모두 제치고 일등으로 트럭 앞에 당도하고 싶지만, 어른 체면에 느긋한 척 여유를 부려보려니…… 아휴 속터져 정말. 어른이라면 가져야 할 양보심과 인내심이 이 순간만큼은 싫어진다.

코끼리의 행방을 알려주는 사람들

| 나미비아 |

우리는 나미비아에서의 마지막 며칠을 에토샤국립공원 입구에 자리한 옹가바텐티드캠프Ongava Tented Camp에서 보내기로 했다. 국립공원national park이 나미비아 정부의 관리보호구역이라면 '리저브reserve'는 민간이 운영하는 보호구역이다. 출입 가능한 투숙객과 사파리 차량 수가 제한돼 있어, 정해진 동선이나 시간표에 쫓기지 않고 비교적 사람의 흔적이 적은 공간에서 동물의 움직임과 풍경을 볼 수 있다. 체크인에 앞서 가이드 엘리아스의 설명을 들으며, '빅 파이브'라 불리는 사자, 코끼리, 버팔로, 표범, 코뿔소 중 하나라도 가까이서 볼 수 있기를 바라보았다.

새벽 다섯시, 아직 어둠이 완전히 걷히지 않은 시간. 엘리아스가 텐트 문을 두드렸다. 혹시 모를 야생동물의 습격에 대비해 우리를 데리러 온 것이었다. 모두가 모여 출발하기로 한 중앙정원에는 이미 몇몇 투숙객이 커피와 토스트로 아침을 먹고 있었다. 우리도 간단히 아침을 먹고 엘리아스의 사륜구동 랜드로버에 올랐다. 차량 뒤편에는 함께 여정을 떠날 가족이 타고 있었다. 포르투갈인 아버지와 이탈리아인 어머니, 그리고 어린 자녀 둘, 호기심이 가득한 눈빛의 귀여운 얼굴들이었다. 울퉁불퉁한 흙길을 달리며, 엘리아스는 이 여정이 사파리가 아니라 '게임 드라이브'라고 말했다.

"사파리가 정해진 코스를 따라 수동적으로 동물을 보는 거라면, 게임 드라이브는 예측할 수 없는 흔적을 쫓는 탐색입니다. 예전엔 '게임'이 사냥감을 뜻했어요. 여러분은 단순한 구경꾼이 아니라 직접 동물을 찾아 나서는 탐색자가 되는 겁니다."

엘리아스의 목소리가 새벽 공기처럼 칼칼하게 퍼졌다. 한참을 달리던 중, 그가 갑자기 차를 세웠다. 길 위에 커다란 배설물이 있었다. 그는 내려서 잠시 들여다보더니 말했다.

"이게 코끼리 배설물이에요. 아직 따뜻한 걸 보니 아마 한 시간쯤 전에 지나갔을 거예요."

배설물만으로 코끼리가 지나간 시간을 가늠하다니, 자연 속에서 오래 지내며 몸에 밴 눈썰미가 드러나는 순간이었다. 엘리아스는 마치 지도를 읽듯 땅 위의 흔적을 훑고 있었다. 곧 그는 코끼리의 이동경로를 따라 차를 돌려 근처의 작은 마을로 향했다. 엉성한 흙벽집 앞에는 마른 남자가 서 있었다. 크지 않은 체구, 주름이 깊게 팬 얼굴이었다. 잠시 뒤 그의 아내와 배가 불룩한 꼬마가 마당으로 나왔다. 엘리아스가 현지 언어로 말을 건네자, 남자는 손을 높이 들어 오른쪽을 가리켰다.

"코끼리 여덟 마리가 금방 지나갔대요. 새끼도 두 마리나 있고요."

엘리아스가 통역해주자 차 안 공기가 한층 밝아졌다.

흙벽집 남자가 가리킨 방향으로 한참을 달렸지만, 코끼리는 쉽게 모습을 드러내지 않았다. 그러자 엘리아스는 차를 돌려 옆 마을로 향했다. 마을이라고 해봤자 허허벌판에 집이 두세 채 있는 것이 전부였다. 그곳에는 두 남자가 염소 떼를 몰고 있었다. 우리 차를 보자마자 한 남자가 잽싸게 지붕 위로 올라가 주변을 살폈다. 잠시 후 그는 오른쪽을 향해 손을 뻗으며 큰 소리로 외쳤다. 말은 알아들을 수 없었지만 코끼리의 위치를 알려주는 건 확실했다. 엘리아스는 그들과 몇 마디를 나눈 뒤, 조수석에 있던 커다란 비닐봉지를 건넸다. 빵과 과자, 음료가 들어 있는 봉지였다. 남자들은 환하게 웃으며 더 크게 외쳤다.

"오른쪽, 오른쪽! 오른쪽!"

아, 그제야 엘리아스가 말한 능동적인 드라이브란 게 무엇인지 알 것 같았다. 야생동물을 찾는 일은 가이드의 능력이나 여행객의 눈에만 의지해 이루어지는 일이 아니었다. 매일 동물의 흔적을 읽고 생태를 몸으로 꿰고 있는 현지인들의 도움 없이는 결코 닿을 수 없는 일이었다. 자연을 함께 살아가는 존재로 여기며 자연의 변화와 움직임을 읽어내는 사람들이 있

었기에 이루어질 수 있는 일. 우리는 그들의 안내를 따라 오른쪽으로, 다시 오른쪽으로 방향을 틀었다. 그리고 마침내 코끼리 무리를 만났다.

코끼리 가족은 우리가 어떤 경로를 거쳐 이 자리에 도착했는지 모른 채 한가롭게 풀을 뜯고 있었다. 엘리아스는 가능한 한 가까이 다가가면서도 안전거리를 유지하려는 듯, 랜드로버를 아주 천천히, 거의 숨을 죽이듯 전진시켰다. 덕분에 세 법 가까운 거리에서 코끼리 가족을 지켜볼 수 있었다. 비록 가까운 거리래도 50미터는 족히 넘는 거리였지만.

아기 코끼리는 세상의 모든 것이 신기한 듯 이리저리 뛰어다녔다. 아직 자기 몸을 온전히 다루지 못해 휘청거리다 넘어지고, 다시 일어나 어미의 다리 사이로 파고들며 칭얼거렸다. 어미는 기다란 코로 아기의 몸을 철퍽철퍽 쓰다듬었다. 때리면서도 안 때리는 듯 절묘한 힘으로 얼굴과 등을 번갈아 어루만졌다. 곁에 있던 십대 코끼리들도 슬그머니 다가와 아기를 밀고 당기다가 머리를 툭툭 들이댔다. 힘 조절이 서툰지 아기 코끼리는 자꾸 뒤로 밀려났다. 그러자 어미 코끼리가 곧장 위협적인 자세로 그들을 무리에서 쫓아냈다. 그저 놀아줬을

 쉽게

뿐인데 엄마에게 등짝을 맞은 형들처럼, 십대 코끼리들은 잠시 무리에서 떨어져 서 있다가 슬그머니 무리로 돌아왔다.

느긋한 코끼리 가족을 보고 있자니 몇 날 며칠이고 오래도록 그들을 바라볼 수 있을 것만 같다. 평화로운 광경에 방치되듯 놓여 있으면 갑자기 자신이 분리되는 기분이 들 때가 있다. 여기가 어디인가, 나는 누구인가……. 내가 코끼리를 보고 있는지 코끼리 너머의 금빛 평원을 보고 있는지, 내 눈이 근경에 멈춘 건지 원경에 멈춘 건지조차 헷갈렸다. 눈은 뜨고 있시만 눈앞에 가짜 눈알 스티커를 붙여놓고 눈을 뜬 척하고 있는 것만 같다. 진짜 내 눈이 가물가물 감기면서 어떤 평온의 상태로 빨려 들어가는 것 같다. '코끼리 명상 차크라'라도 열린 기분이다. 한가롭고 평화로운 순간 속에 있었더니 천진한 코끼리 가족조차 이곳 사람들을 돕고 있는 것만 같다. 그저 자기 삶을 살아가는 것만으로도 누군가에게 보탬이 되는 삶이라니. 얼마나 이상적인 삶인지.

얼마쯤 지났을까, 코끼리 무리가 갑자기 우리 쪽으로 방향을 틀었다. 엘리아스는 낮은 목소리로 말했다.

"긴장하지 말고, 그냥 그대로 있으면 됩니다. 우리 차량 앞을 지나 왼쪽 물가로 가려는 것 같아요."

　　걱정하지 말라는 말을 들었음에도 코끼리가 불과 1미터 앞까지 다가오자 손바닥에 땀이 맺혔다. 바로 눈앞에서 거대한 눈과 마주친다니, 살짝 과호흡이 오는 듯했다. 그런데 막상 코끼리의 눈을 마주하는 순간, 두려움과는 다른 어떤 감정이 밀려왔다. 시간의 흐름을 초월한, 아주 오래된 영혼을 바라보는 느낌이었다. 내가 사는 세계와는 전혀 다른 차원에서 삶을 이해하는 존재와 잠시 연결된 느낌……. 슬픔, 기쁨, 연민과 고요를 동시에 품은 눈빛, '나는 너를 알고 있어'라고 속삭이듯 깊숙이 끌어당기는 눈빛이었다. 이토록 가까이서 코끼리의 시선을 받아본 적이 있었던가. 서로가 서로를 바라보고 있는데도 내가 코끼리를 보는 것이 아니라 코끼리만이 나를 보고 있는 느낌이었다. 코끼리 떼가 지나가며 땅이 울린 건지, 아니면 내 긴장 때문이었는지 랜드로버가 살짝 덜컹거린 듯했다.

　　코끼리들이 시야에서 사라지자 우리는 차 안에서 엘리아스가 준비해온 말린 살구와 육포, 도넛, 치즈, 초콜릿칩쿠키를 나눠 먹었다. 아마룰라Amarula 크림리큐어▨를 섞은 따뜻한 커

▨ '코끼리나무'라고도 불리는
마룰라나무의 열매로 만든 크림맛의 걸쭉한 술.

피도 한 잔씩 마셨다. 방금까지의 긴장이 풀린 탓인지, 따뜻한 술기운이 몸속으로 차르르 퍼져나갔다. 세상 어떤 음식보다 감사하고 맛있었다. 노곤노곤 잠이 밀려왔다.

캠프로 돌아가는 길, 엘리아스는 처음 코끼리의 위치를 알려주었던 흙벽집 근처로 차를 세웠다. 오전에 보았던 마른 남자는 길 한가운데 서 있었고, 그의 아내는 나무로 깎은 코끼리 조각품을 여러 개 들고 있었다. '아, 여행객을 이들의 집으로 데리고 오는 일까지 이 게임 드라이브에 포함되어 있구나.' 태국 단체관광에서 빠지지 않는 천연 라텍스베개 공장이나 실크가게에 들르는 것과 비슷하다는 생각에 웃음이 났다. 마른 남자의 아내가 들고 있는 물건이 어떤 것일까 궁금했다. 아내가 내민 코끼리 조각은 거칠고 투박했지만, 매일 코끼리를 마주하는 사람이 직접 만든 것이라는 점 그리고 그들이 게임 드라이브의 팀원이기도 했다는 점에서 그냥 지나칠 수 없는 물건처럼 느껴졌다. 그리고 우리가 보고 지나온 이 모든 장면들이 사실은 이들의 삶에서 나온 것이라는 생각에 그들이 만든 물건이라면 뭐든 사야겠구나 싶기도 했고.

우리는 코끼리 조각 하나와 팔찌 몇 개를 샀다. 차가 출발

하자 흙벽집 가족들이 손을 흔들었다. 우리도 작은 점이 되어 서로의 모습이 사라질 때까지 끝까지 손을 흔들었다.

하자 흙벽집 가족들이 손을 흔들었다. 우리도 작은 점이 되어 서로의 모습이 사라질 때까지 끝까지 손을 흔들었다.

안개

| 케이프코드 |

짙은 안개가 앞을 가려 운전이 쉽지 않다. 차는 좀처럼 속도를 내지 못해 길 위에서 보내는 시간이 길어졌지만 덕분에 안개 낀 풍경을 실컷 보았다. 지면과 가까운 구름이 안개로 분류된다니, 안개 속을 걷는 일이 곧 구름 위를 걷는 일이라 생각하면 어딘가 현실을 벗어난 장소에 들어선 기분이다. 차창 밖 풍경은 반투명 유산지를 덮은 듯 희미한 색감으로 휘리릭 휘리릭 지나간다.

살면서 한 번쯤은 안개에 발이 묶인 경험이 있을 것이다. 시야가 흐려 답답해지다가도, 마음이 차분해지며 마치 보호막에 둘러싸인 듯 안도감이 드는 순간. 안개가 만든 흐릿함 속에서 소리와 빛마저 옅어지니 세상이 한결 조용해진다. 정말 구름 위를 걷는 것만 같다.

서두르던 걸음을 잠시 멈춰도 되지 않을까.

모든 것이 뿌옇고 희미한 채로 멈춰도 좋을 것만 같다.

안개가 걷힐 시간을 재촉하지 않고,

보이지 않는 길을 애써 상상하지도 않으면서.

지금은 그저 속도를 늦춘 채

이 흐릿함 속에 잠시 머물러 있어도 괜찮을 것 같다.

고백 시대

| 루안다 |

요즘은 정말 고백의 시대다. 사람들은 SNS 포스팅에, 댓글 속에, 일반적인 대화 속에 자신에 대해 털어놓는다.

"어떤 일을 겪은 뒤 삶이 멈춘 상태다. 집밖으로 나가지 않은지 반년째다."

"나는 서른 이후로 친구가 없고 혼자 '차박'을 다닌다."

"수억 원의 빚을 드디어 갚았다. 이것은 그동안 최저 식비로 버텨온 끼니 사진들이다."

고백들은 하나의 서사가 되어 타인에게 힘을 준다. 솔직히, 쉽지 않은 일이라 대단하다는 생각도 든다. 이상하게도 우리들은 남이 잘되었을 때보다 힘들다고 할 때 훨씬 빠르게 반응한다. 다가가 위로의 답글을 달고 안타까운 마음을 표현한다.

"금방 괜찮아지시길 빌어요. 저도 그런 시간을 건너와서 알아요."

"○○을 해보세요, 도움이 되실 거예요."

견디기 힘든 고통을 건너온 이의 처절한 고백은 위로와 위안의 손길을 건네기도 하지만, 한편으로는 당신도 자신의 날들에 대해 말해달라는 미묘한 기운을 품고 있기도 하다. 마치 이제 당신도 자신의 이야기를 꺼내도 괜찮다는 신호처럼. 취약함을 드러낸 사람 앞에서 침묵하는 일은 왠지 게임의 공정한 룰을 지키지 않는 듯한 죄책감을 남긴다. 그런 감정이 슬쩍 스쳐지나가면 자리는 어색해지고, 알 수 없는 부담감을 느끼기도 한다. 프로이트가 말한 전이transference처럼, 고백은 그것을 듣는 사람에게도 비슷한 깊이의 감정을 요구하기 때문에.

산문집을 묶기 위해 몇 달 동안 글을 쓰면서, 나는 어디까지 내 이야기를 해야 할지 생각이 많았다. 폴란드에 이런 속담이 있다고 한다. "한집안에 작가가 태어나면 그 집안은 박살이 난다." 집안에 작가가 탄생하면 가족의 사적인 세계가 더이상 안전지대가 아니게 된다는 말이다. 작가는 자신의 배경인 집안과 가족들에 대한 묘사나 그사이의 대화와 갈등 그리고 결핍과 상처까지도 글감으로 삼을 때가 많다. 그 과정에서 가족들은 애써 지켜오던 개인적인 비밀이나 약점은 물론이고, 혼자 품고 싶었던 기억과 감정들이 예상치 못한 방식으로 드러난다고 느낄 수 있다. 가족이라고 해도 각자 입장이 다른데, 이야기가 다소 일방적인 기록처럼 적혀버리는 순간도 생기는 것이다. 자기 삶의 이야기, 그러니까 자신만의 서사 통제권이 당사자가 아닌 작가라는 이름의 가족에게로 넘어가는 일은 생각보다 유쾌하지 않다. 그래서 이 책을 쓰는 동안 어디까지가 내 몫의 이야기인지, 그리고 가족에 대한 이야기인지 스스로에게 자주 묻곤 했다.

제니와 나는 이 속담 이야기를 하면서 "제니야, 이제 우리집에는 글쓰는 사람이 둘이나 되었네. 그러면 우리 집안은 이제 어떻게 되는 거야?" 농담처럼 주고받은 말이었지만, 그 말이 품고 있는 무게와 뜻을 알고 있기에 그저 가볍게 웃을 수

만은 없었다.

예전의 고백은 꽤나 단순했던 것 같다. 드러내는 수위가 단순했다는 뜻이다. "나는 어른이 되어서도 과자를 너무 좋아하고, 신상 과자가 나오면 당장 슈퍼로 달려가 쟁여놓아야 직성이 풀린다." "성인 남자인 나는 미피를 모으는 게 취미고, 잘 때 미피 인형을 안고 잔다." 이런 고백에는 유머가 있었다. 무겁지가 않았다. 누군가의 감정을 흔들거나 몇 번씩 곱씹게 만들지도 않았다. 취향에 대한 이야기, 사소한 습관처럼 가볍고 별일 아닌 이야기들이었다. 하지만 이제 세상은 이런 것을 더 이상 고백이라 부르지 않는다. 고백은 점점 더 극단적인 내면을 요구하는 쪽으로 기울고 있다. 상처를 드러내라고, 함께 꺼내놓고 서로를 치유하며 관계 속에서 연대하자고 말한다.

그러나 모든 상처가 말로 옮겨질 수 있는 것은 아니다. 말은 치유의 통로이기도 하지만 동시에 간신히 옅어지고 있는 상처를 다시 벌리는 도구가 되기도 하니까. 그래서 가끔은 이 시대의 흐름이, 자기 노출이 일상이 된 미디어 환경이, 이 고백의 분위기가 익숙하면서도 멈칫거리게 만들기도 한다. 고백이 진실의 언어라기보다 살아남기 위한 언어처럼 보일 때가 많아서. 누가 더 깊이 꺼내 보이느냐에 따라 공감이 나뉘는 시대인 것만 같아서. 우리는 너무 많은 고백 속에서 오히려 자신을 잃어가고 있는지도 모르겠다.

　　자신을 고백하지 않는 사람은 앞으로 어떻게 살아남을 수 있을까. 고백하지 않아도 괜찮은 세계는 이제 어디에도 남아 있지 않은 걸까.

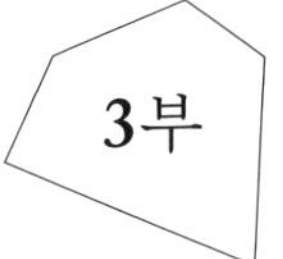

3부

루안다의 주말 풍경

박물관과 미술관 가기, 근교 바닷가를 산책하거나 가까운 공원에서 조깅하기, 고아원 방문하기. 그리고 영화관에 들러 영화를 본 뒤 장을 봐 집으로 돌아오기. 앙골라 루안다에서의 주말 일상이다. 아프리카로 이사오면 모든 것이 180도 달라질 거라 생각했으나 이전에 하던 활동을 어느 정도는 유지할 수 있다는 점이 의외였다. 세계 어디에서나 정보를 쉽게 접하고 서로 연결되는 시대지만, 아프리카에서 살아간다는 것은 여전히 세계의 변방에서 살아가는 이미지를 불러일으킨다. 문명과 거리가 먼 자연 속에서 지낼 것이라는 선입견도 영향을 준다. 그러나 막상 이곳에 와보니 정글이나 사파리 투어보다는 도시에서 일상적으로 할 수 있는 일들이 더 다양했다. 하지만 '어느 정도' '대개' '크게' 다르지 않다는 것이지, 완전히 같을 수는 없었다. 나와 케이시도 처음 루안다로 옮겨온 뒤 여러 가지 취미생활을 시도했었지만 몇 번 해본 뒤로는 집밖으로 나가는 일이 점점 줄어들었다. 영화관에 가는 것 정도가 유일한 낙으로 남아, 주말마다 영화만을 기다리며 사는 영화광 부부가 된 것은 루안다의 불안정한 치안 문제 때문이었다.

루안다에서는 평소처럼 거리를 걷는 일이 쉽지 않다. 자기 동네를 마음 놓고 걸을 수 없다는 건 생활에 제약이 된다. 거리에서 일어나는 크고 작은 사건 사고 때문에 불과 오 분 거리의 동네 슈퍼에 가는 일조차 차를 이용해야 한다. 이런 이유로 케이시네 회사는 앙골라 주재 직원 모두에게 운전기사와 차량을 배정한다. 운전기사님은 출퇴근과 생활 전반에 필요한 이동 업무를 도맡아 아파트 내 전용 사무실에서 대기한다. 차량만 제공하면 될 것 같지만, 이곳에서 직접 운전하는 일 역시 안전하지 않다. 차선은 지켜지지 않고 신호체계는 물론 신호등 자체가 드물다. 이런 이유로 루안다에서는 외국의 국빈이 방문하거나 국제적 행사가 열릴 때면 그 기간을 임시국경일로 지정해 시민들에게 휴가를 준다. 모두가 집에 머물러야 도로가 마비되지 않는다는 단순한 방식이지만 이곳에서는 가장 효

TOYO
09-24-AM

과적인 해결책이다.

　기사님 덕분에 안전하게 이동할 수 있는 것은 분명 다행이지만, 어디든 차로만 이동해야 한다는 점 자체가 일이라면 일이다. 외출할 때마다 이동 시간과 동선을 미리 기사님께 설명해야 하고, 서로 같은 장소를 말하고 있는지도 여러 번 확인해야 한다. 게다가 기사분들은 대개 루안다 시내로부터 한 시간 이상 떨어진 곳에 거주해 평균 두 시간 넘게 통근해야 한다는 사실을 알고 난 뒤로 마음이 더 무거워졌다. '미안'병이 도진 우리는, 아무리 주말 근무가 포함된 직무라지만 기사님이 웬만하면 하루라도 쉬셨으면 해 가능한 한 하루에 외출을 몰아서 해결하게 되었다. 그 결과 멀리 나가는 대신 집 근처 쇼핑몰에서 장을 보고 영화관을 들르는 식으로, 여러 가지 일을 한 번에 해결하는 게 주말 일상이 되었다.

　하지만 오늘처럼 더이상 볼 영화가 없어 집에 있는 주말 아침이면 종종 케이시의 원맨쇼가 벌어진다. 방 한가운데서 허공에 건반을 치기도 하고 드럼을 두드리기도 한다. 입을 뻥긋거리며 립싱크를 하고, 거실을 어슬렁거리며 춤 비슷한 것을 춘다. 이 춤은 뭐 재미있는 일 좀 없나 심심해서 돌아가시

겠네 직전의 몸짓 같은 거라, 케이시가 허공에서 휘두른 에어 드럼스틱에 내가 맞거나 그의 팔이 책장에 부딪히는 등 사달이 나기 전에 서둘러 옷을 챙겨 입고 밖으로 나선다. 이번에는 몇 주째 미뤄둔 화분을 사러 가기로 했다.

기사 안토니오에게 문자를 보내자 곧 아파트 앞에서 보자고 답이 왔다. 안토니오와는 또래라 친구처럼 지낸다. 그는 포르투갈어만 할 수 있어 나는 구글 번역 앱으로 문자를 주고받고, 케이시는 포르투갈어로 대화한다. 다만 목적지를 전할 때만큼은 서로 헷갈릴 일이 없도록 케이시도 문자를 보낸다.

케이시	안토니오, 열한시까지 이 가든 센터로 가자.
안토니오	투두 벵, 셍 프로블레마스, 오브리가두(알았어, 문제없어, 고마워).
케이시	안토니오, 미안한데 여기 말고 다른 데로 가야 할 것 같아. 확인해보니 오늘 문을 안 연대.
안토니오	투두 벵, 오브리가두.
케이시	안토니오, 혹시 여기 말고 추천해줄 만한 데 있어?

안토니오　　투두 벵, 오브리가두.

왜 그런지 안토니오와 문자를 주고받을 때면 무슨 일정을 알려주든, 무슨 질문을 하든 대답이 늘 "투두 벵, 오브리가두"로 똑같다. 자신의 문자를 그대로 '복붙'해서 같은 말을 반복한다. 만나서 이야기해보면 그렇지 않은데 문자만 하면 매번 서로 묘하게 어긋나며 의사소통이 잘 안 된다. 몇십 분 동안 문자를 주고받은 끝에, 우리의 '투두 벵 오브리가두' 덕분에 별 탈 없이 목적지에 도착해 화분 몇 개를 사서 집으로 돌아왔다. 〈미션 임파서블〉이라도 한 편 찍은 듯 하루가 길게 느껴지고…….

습도가 높은 더운 밤이다. 12월이라 여기저기서 캐럴이 흘러나오지만, 이십대 후반의 호주생활 이후 처음 맞는 더운 겨울이라 낯설고 새롭다. 눈이 내리지 않는 아프리카에서도 크리스마스트리에는 하얀 눈 장식이 붙어 있다. 그걸 보고 있는데도 한 해가 끝나간다는 게 영 실감이 나질 않는다. 그동안 나는 달력에 찍힌 숫자를 따라 11월, 12월, 한 해의 끝을 느낀다고 생각했는데 오랜 시간 몸에 축적된 사계절의 감각, 몸이 기억하는 온도와 공기야말로 시간의 경계를 그어주는 진짜 기준이었다. 한국인에게 12월 연말은 입김 흩날리고 손끝이 시린 계절이어야 되는 거지, 따갑게 내리쬐는 여름 자외선은 아니었던 것.

오랜 시간 살던 곳을 떠나 새로운 곳에 정착하게 되면 새로운 삶에 익숙해지기까지 피곤함과 재미가 동전의 양면처럼 공존한다. 떠나온 나라와 도시의 거리만큼이나 일상의 질감이 달라지면 한동안은 긴장과 즐거움 사이를 오간다. 반팔을 입고 얼음물을 마시며 크리스마스를 맞이하는 건 색다른 즐거움이지만, 새로운 나이와 시간을 여태껏 해오던 식으로 맞이할 수 없는 것 같아 어딘가 붕 떠버린 기분도 든다.

처음에는 많은 것이 낯설고 피곤하게 느껴지지만 얼마간의 시간이 지나면 새로운 곳에서의 생활도 익숙해진다. 불편한 점들 사이로 새로 배워가는 일도 늘어난다. 주말에 고아원에 들러 만들기를 하고 춤을 추며 아이들과 시간을 보내는 일. 슈퍼에서 처음 보는 과일의 이름을 익히는 것. 작은 것들로 시간을 채우다보면 이곳에서의 일상도 무리없이 이어지겠지. 사람 사는 곳은 다 비슷하다는 말이 아주 틀린 말은 아니겠지.

어느새 바깥은 어둠이 완전히 내려앉았다. 밤의 세계는 침묵 속에 잠겨 있다. 매일 이러저러한 일들이 생기지만 지나간 날들을 떠올리면 마치 아무 일도 없었던 듯, 모든 것이 별 것 아니라는 듯 이상하리만큼 평온하게 느껴진다.

투두 벵, 오브리가두.

메리 올리버의 고향 프로빈스타운

| 케이프코드 |

케이프코드 집에서 자동차로 삼십 분 정도 달리면 반도의 맨 끝자락에 자리한 마을 프로빈스타운에 닿는다. 이곳은 LGBTQ+ 커뮤니티로 유명해 거리 곳곳에 무지개 깃발이 걸려 있고, 다양한 스타일의 그림이 전시된 갤러리와 오래된 책방, 손님들로 붐비는 해산물 식당과 크고 작은 상점들이 이어져 있다. 케이시는 가족의 단골 식당이 있는 이곳에 나를 자주 데려왔었는데 그때까지 나는 프로빈스타운을 전 세계 사람들이 모여드는 활기차고 자유로운 관광지, 그저 우리 옆 동네쯤으로만 생각하고 있었다. 그러던 어느 날 미국에 와 있던 제니가 이곳이 시인이자 산문가 메리 올리버가 평생 글을 써온 고향이라고 말했고, 함께 프로빈스타운의 서점들을 돌며 그녀의 책을 찾아다녔다. 그때부터 이 동네가 이전과는 다른 모습으로

다가오기 시작했다.

　프로빈스타운은 쇼핑거리와 주택가가 있는 마을 자체도 아기자기하고 예쁘지만 자연 풍광이 특히 아름답다. 이곳의 해안선은 모래언덕과 해송으로 이루어진 숲이 부드럽게 이어지는 구조를 가지고 있는데, 특히 해 질 무렵 빛이 바다와 모래언덕 위로 퍼지며 독특한 그림자를 드리운다. 메리 올리버의 시에서 숲과 바다, 풀과 물새는 단순한 배경으로 존재하지 않는다. 오히려 시의 전면으로 나와 각자의 속도로 살아가는 독립적이고 자율적인 존재들로 묘사된다. 그녀는 작고 사소해 보이는 것들 속에서 자연의 질서를 읽어내고, 그 질서를 따라 인간의 삶과 죽음을 조용히 응시한다. 그 시선 덕분에 독자는 시를 읽다 문득 걸음을 멈추게 된다. 방금 지나친 풍경을 다시 돌아보게 되고, 늘 거기 있었지만 제대로 보지 못했던 주변 풍경을 다시 바라보게 된다.

　나는 가끔 메리 올리버의 시를 한국어로 옮겨 적어보는데, 오래 좋아해온 작품 가운데 〈연못〉이라는 시가 있다. 그 시에는 이런 구절이 나온다.

"우리 모두는 각자의 그림자 하나씩을 두르고 산다."

어떤 그림자를 두르고 있는지 세세하게 드러내지는 않지만, 인간이라면 누구나 보이지 않는 어둠 하나쯤을 안고 산다는 뜻으로 읽힌다. 각자의 그림자를 걸치고 있다는 사실을 인정하되, 그 어둠을 길게 끌지도 오래 붙들지도 않는 태도. 마치 이미 알고 있던 사실이라는 듯, 시는 다음 구절로 슬쩍 넘어간다. 그 무심한 절제는 내게 긴 여운을 남긴다.

쉽게

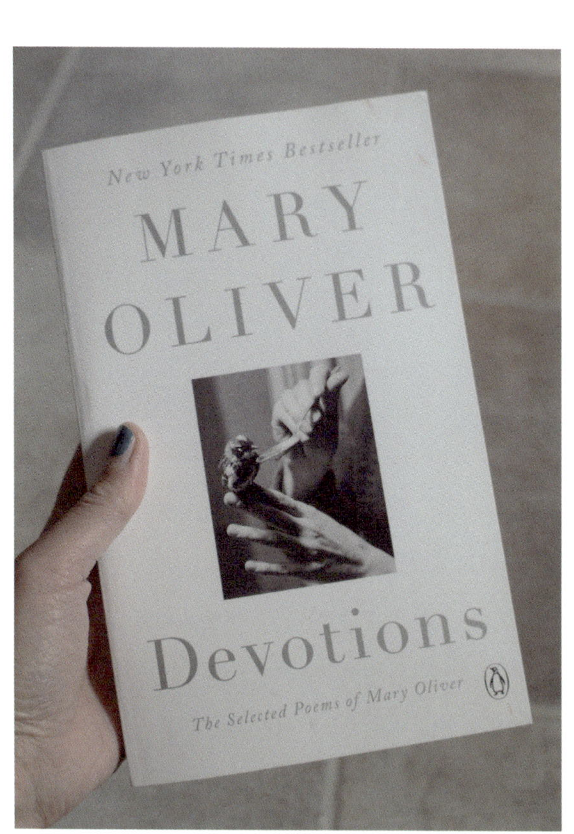

New York Times Bestseller
MARY
OLIVER
Devotions
The Selected Poems of Mary Oliver

씨유 레이러, 아빠

카투사 시절의 아빠 사진에는 청춘의 빛이 서려 있다. 흑백이라서 그럴 수도 있지만, 그 얼굴 어딘가에 MBC 〈명화극장〉 속 그레고리 펙이나 오드리 헵번의 향수도 배어 있다. 친척 어른들 말로는 아빠가 길거리에서 영화배우 캐스팅을 여러 번 받았고, 영화 현장에서 단역으로 일한 적도 있었다고 한다. 어쩌면 배우 신성일이 출연한 스크린의 어딘가에 아빠 얼굴이 잠깐 스쳐지나갔을지도 모를 일이다.

70년대에 쌍둥이에게 에니와 제니라는 이름을 지어준 것도, 카투사 시절에 썼던 영어와 젊은 날의 자유로움에서 나온 것 같다. 이름을 지은 방식은 지금 봐도 재미있다. 아빠는 우리 이름에 태어난 순서를 담아 서로를 잘 챙기라는 뜻을 넣고 싶었다고 한다. 그래서 공책 맨 윗줄에 '언니' 그 아랫줄에

카투사 시절의 아빠, 좌측에서 네번째

'동생'이라 적어놓고는 아우 제弟 자에서 '제'를, 언니에서 '니'
자를 가져왔다. '언니'라는 이름은 한자음이 별로 마음에 들지
않아 언니라는 뜻에서 '니'는 그대로 살리되, 제니와 닮은 결을
만들기 위해 '언'을 제니와 같은 모음 '에'로 바꿔 '에니'가 되
었다. 두 이름은 끝의 '니'를 공유하며 쌍둥이의 닮음을 완성했
다. 이름 하나에 서열과 관계, 닮음과 균형이 모두 담겨 있는

셈이다.

　외국인을 보기 드물었던 그 시절 거제도에서, 아빠는 명절이면 동네에서 우연히 만난 미국인들을 집으로 초대해 저녁을 같이 먹곤 했는데, 그 당시 그들이 감사의 표시로 가져다주었던 외국 인형이나 책, 장난감 같은 이국의 것들이 내 안에 희미하게 남아 있었다. 훗날 영어에 관심을 갖게 된 것도, 생전 처음 타본 비행기가 호주로 가는 비행기였던 것도, 외국회사에서 일하며 미국인과 결혼하게 된 것도 어쩌면 그 흐릿한 장면의 연장선상일지도 모른다. 억지일 수 있지만 어떤 경험은

여든 아빠의 영어 공부 노트

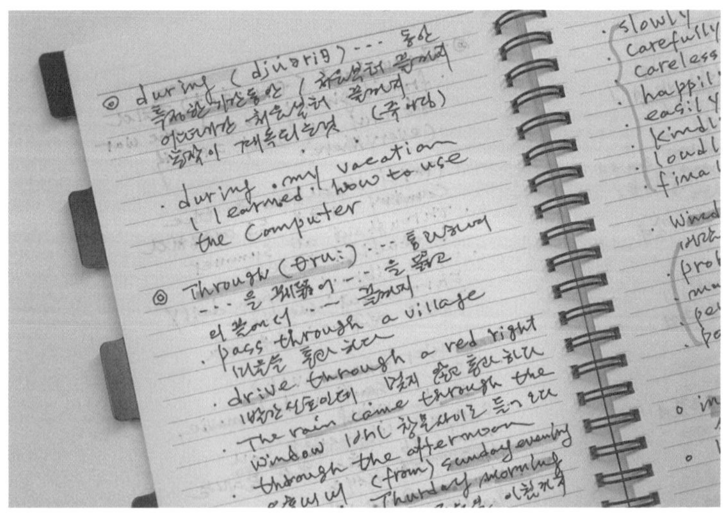

시간이 지나야 의미나 형태가 드러나고 연결되기도 하니까.

아빠는 내가 사회생활을 시작한 뒤에도 틈틈이 영어로 문자를 보냈다. '알았어' 대신 'I got it', '집에서 보자' 대신 '씨 유 레이러'. 영어든 한글이든 짧은 영어가 오갔다. 나는 그런 아빠가 좀 멋져 보여 회사 동료들에게 문자를 보여주었다. "봐 봐, 우리 아빠는 내가 바쁘거나 말거나 이렇게 태평한 문자를 보낸다니까." 나는 불평을 가장한 자랑을 했다. 그때만 해도 아빠는 자신이 훗날 미국인 사위를 만나 다시 영어를 쓸 줄은, 여든이 넘은 지금도 매일 영어 공부를 이어갈 줄은 몰랐을 것이다.

결혼을 하고 본가의 짐을 신혼집으로 옮길 때였다. 얼마나 많은 짐이 쌓여 있던지. 태어나서 마흔까지 지낸 집이니 잡동사니가 쌓일 만도 했다. 어릴 때 아빠가 사준 테니스 라켓과 클래식 기타, 아빠가 물려준 캐논 AE-1 수동 카메라까지. 아빠의 손길이 묻은 물건들이 곳곳에서 튀어나왔다. 나는 매일 쓰는 것과 꼭 필요한 것, 그리고 카메라만 챙기고 나머지는 정리하기로 했다. 본가 현관 옆 작은 창고는 나와 제니가 중고등학교 시절 작업실로 쓰던 곳이었다. 그 안에는 입시준비 때 썼던 스케치북, 오래된 화구, 삼사십대 초반 전시에 걸었던 캔버스들이 층층이 쌓여 있었다. 대형폐기물수거함을 집 앞으로 불러놓고 물건들을 하나씩 꺼냈다. 버리려니 아깝기도 했지만 지금 내가 정리하지 않으면 부모님께 짐만 남긴다는 생각이 들었다. 몇 차례 집을 오가며 짐을 옮겼고, 마지막으로 몇 가지 소품과 카메라를 가지러 내려갔을 때 대문 앞에서 아빠를 마주쳤다. 아빠는 손에 내 그림 몇 점을 들고 서 있었다.

"어, 아빠, 그거 제가 버린 건데……. 왜 들고 계세요?"

아빠는 뭔가 들키지 말아야 할 걸 들킨 얼굴로, 그리고 무슨 연유인지 잠시 말을 잇지 못했다. 그러고는 그림을 들여다보며 말했다.

"이걸 왜 다 버리고 가는 거야? 오래 붙들고 그린 것들이잖아. 네가 안 가져가면 내가 가지고 있으려고……. 나는, 네가 좋아하는 걸 계속했으면 좋겠어. 앞으로 무슨 일을 하든 그림은 계속 그렸으면 좋겠다. 이건 네가 제일 좋아하는 일이잖아……."

말이 끝나자 나는 눈시울이 붉어졌다. 내가 먼저 울었는지 아빠의 붉어진 눈가를 보고 따라 울었는지 알 수 없지만, 우리는 눈이 붉어진 채로 현관 앞에서 그림을 사이에 둔 채 서로를 끌어안았다.

아빠는 내가 그림을 캔버스 틀에서 뜯어내 버릴 때, 내가 그림과 완전히 등을 돌리는 줄 알았던 모양이다. 아빠는 단한 번도 "그림을 제일 좋아하잖아, 그건 너에게 각별한 일이잖아" 같은 말을 내게 한 적이 없었다. 그럼에도 내가 그림을 쉽게 놓지 못하고 있는 걸 알고 계셨다. 그래서였을까, 아빠는 내가 버린 그림을 다시 주워 들고 집으로 왔다. 마치 그걸 내게서 쉽게 떼어놓지 않으려는 사람처럼, 눈앞에 있어야 이어질수 있는 무언가를 조용히 붙들어두려는 사람처럼.

현관 앞에서 아빠를 안았을 때 비로소 내가 부모의 품을 떠난다는 생각이 들었다. 신혼집은 본가에서 걸어서 십 분 남짓이고 마음만 먹으면 일주일에 수십 번 들를 수 있는 거리였지만, 그날 대문을 나서는 순간 다른 형태의 가족이 시작된다는 걸 알 수 있었다. 업그레이드된 버전이라기보다 결점을 조금 고친 버전, 어떤 부분은 축소되고 어떤 것은 확장된 채로, 아직 쓰임새도 결과도 알 수 없는 막 만들어진 베타버전 같은.

짐을 차에 싣고 운전석에 앉아 엄마 아빠에게 인사를 했다. 아빠가 가볍게 손을 흔들며 말했다.

“바이바이, 내 큰딸. 씨유 레이러.”

백날천날 들어왔던

‘씨유 레이러’에서 이유 모를 짠맛이 났다.

쉽게

그린파스타

| 휴스턴 |

시금치, 바질, 마늘, 올리브오일, 파르메산치즈를 블렌더에 갈아 그린페스토를 만들고, 비건 페투치네 생면을 버무려 그린파스타를 만들었다. 각기 다른 재료가 지닌 초록빛이 어우러져 보기만 해도 기분이 좋다. 초록은 언제나 새로 시작하는 계절의 색 같다. 막 삶아낸 페투치네면 사이로 스며든 바질 향이 특히나 좋다. 간단한 한끼로도 하루의 기분이 산뜻해지는 날이 있다.

오늘 식사 자리에서 일 년 열두 달 가운데 어떤 달을 가장 좋아하냐는 질문이 나왔다. 초록초록한 파스타를 먹다보니 봄과 여름 이야기로 흘렀고, 어느새 좋아하는 계절로 주제가 옮겨갔다. 흥미롭게도 대부분 자신의 생일이 있는 달이나 그

계절을 골랐다. 나 역시 별다른 망설임 없이 가을이 깊어지는 10월이라고 답했다가, 잠시 뒤에야 그 달이 내가 태어난 달이라는 사실을 알아챘다.

태어난 달은 삶의 시작점이라 그런지 축하와 축복의 기억이 자연스레 겹쳐진다. 그래서 그 달을 좋아하고, 그 계절을 마치 자신의 계절처럼 여기게 되나보다. 우리는 매년 '생일 달'이 돌아오면 새로운 나이를 맞는 자신을 발견한다. 그러니 태어난 달을 가장 좋아하는 달로 고른다는 건 자신과 닮아 있는 시간과 공간을 알아보는 일에 가까운지도 모르겠다.

사소하지 않은 사소한 것

| 루안다 |

앙골라에 온 뒤로 매일 아침 거의 똑같은 걸 먹는다. 달걀 프라이, 통밀식빵, 그리고 토마토. 같은 재료, 같은 조리법으로 먹은 지 벌써 일 년이 넘어간다. 달걀프라이를 만들면 항상 삼십대 초반에 갔던 휴스턴 출장이 떠오른다. 미국 식당에서 아메리칸브렉퍼스트를 주문했을 때 종업원이 달걀을 어떻게 익힐지 물었고, 나는 '서니사이드 업' '오버 이지' '오버 미디엄' 같은 표현을 몰라 "노른자가 반쯤 익게 해달라"고 주문했었다.

미국 식당에서는 달걀프라이 하나만 봐도 그곳의 전체적인 수준을 짐작할 수 있다. 달걀이 단정하고 매끈하게 나왔다면 다른 요리들도 평균 이상일 가능성이 크다. 달걀프라이는 가장 기본적이면서도 까다로운 요리다. 항상 같은 모양과 익힘을 만들기 위해서는 신선한 달걀, 정확한 시간을 알려주는 타이머(혹은 모양만 보고도 시간을 짐작하는 감각), 들러붙지 않는 프라이팬, 수평이 잘 잡힌 불판, 알맞은 양의 버터와 기름, 그리고 정확한 불 조절까지 모든 조건이 한 번에 맞아떨어져야 한다. 너무나 간단해서 요리라고 이름 붙이기는 좀 그렇지만, 완벽한 달걀프라이를 만든다는 건 한두 번의 연습으로 되는 일이 아니다. 수십 번, 수백 번 반복해본 사람만이 짧은 시간 안에 늘 같은 정도의 익힘과 모양의 달걀프라이를 접시에 담아낼 수 있다.

SNS에서 누군가가 오므라이스를 반복해 만드는 릴스를 본 적이 있다. 주인공은 전문 셰프가 아니라 요리를 좋아하는 일반인이었고, 단순히 맛있는 음식을 만드는 데 그치지 않고 자신이 생각하는 완벽한 한 접시에 도달하려는 사람처럼 보였다. 해시태그에는 '#도쿄오므라이스연습_스물네번째'라고 적혀 있었다. 그가 원하는 건 작은 럭비공 모양의 오믈렛을 볶음밥 위에 올린 뒤, 오믈렛 위로 칼을 살짝 가져다 대면 몽글몽글한 달걀이 양옆으로 와르르 흘러내리며 볶음밥을 완전히 덮는 형태였다. 그가 신경써야 할 '킬 포인트'가 한두 개가 아니었다.

처음에는 형태가 잡히지 않아 모양만 연습했고, 모양이 완벽해진 뒤에는 속이 덜 익어 애를 먹었다. 어떤 날은 모든 것이 좋아 보였는데 막상 칼을 대도 달걀이 흘러내리지 않았다. 화가 나라 요시모토의 그림 속 고집스러운 아이처럼, 오믈렛은 입을 꾹 다문 채 밥 위에 앉아 있었다. 그러다 수십 번의 시도 끝에 마침내 그가 원하던 도쿄오므라이스가 완성됐다. 오믈렛을 가르는 순간 부드러운 달걀이 우르르 쏟아져내리며 푹신한 이불처럼 볶음밥을 감싸는 모습에, 나도 모르게 "와아!" 하고 소리를 질렀다. 무의식중에 그의 과정을 응원하고 있었던 것이다.

댓글에는 응원도 있었지만, 시간 낭비라며 빈정거리는 말도 있었다. 그러나 세상에는 달걀 요리 하나에도 자신이 닿고 싶은 곳에 닿아보려는 사람들이 있다. 그것이 단순한 취미이든 더 많은 팔로워를 얻기 위한 일이든, 각자 중요하게 여기는 지향점이 있다. 그 지점을 향해 반복하고 자기 식대로 도달해보려는 태도는 그 자체로 충분한 게 아닐까.

혼밥을 하는 날이 많아진 어느 날, 일상을 보여주는 관찰 예능프로그램을 쇼트폼으로 보고 있었다. 집안일을 하거나 혼밥을 할 때면 한국예능을 틀어놓는데, 흘려들어도 되는 소소한 이야기들로 채워진 가벼운 프로그램을 고른다. 일상을 관찰하는 프로그램답게 화면 속에는 그들의 취향이 묻어 있는 집과 인테리어가 등장한다. 어떤 방송인은 가격을 가늠하기 힘든 독특한 디자인의 소파와 테이블, 스피커, 수입 주방가전으로 채운 집에서 맑은 빨간색 르쿠르제 냄비에 굴밥을 짓는다. 송송 썬 파와 깨, 양념간장을 넣고 비벼 먹는다. 또다른 연예인은 베란다 한편에 모아둔 프라이팬 더미에서 가성비 좋은 해피콜 스타일의 팬과 대나무 채반들을 바닥에 늘어놓고 그중에서 하나를 들어올린다.

"이게 해물파전 부치기에 딱이지."

그 장면이 귀여웠던 건 프라이팬을 고르는 그 순간의 표정 때문이다. 그는 팬 하나하나를 아끼는 수준을 넘어 진심으로 자랑스러워하는 듯했다. 요리마다 다른 팬을 고르는 이유를 나열하는 그에게는 넘치는 진지함이 있었다. 스튜디오 패널들은 그의 베란다 컬렉션에 웃음을 터뜨렸다. 영상 아래에는 각기 다른 시선의 댓글들이 이어졌다. "쉽게 돈 버는 부자 연예인들 그만 나와라"라는 비난, 베란다 컬렉션을 귀엽다고 말하는 반응, 그리고 찌질해 보인다며 비꼬는 댓글까지.

 쉽게

취향은 자신만의 기준에서 비롯된다. 자꾸 눈이 가고 손이 가고, 돈을 써도 아깝지 않은 것. 자발적으로 하고 싶고, 자랑하고 싶고, 바라보기만 해도 흐뭇해지는 무언가. 명확하게 설명하긴 어렵지만, 자연스럽게 '좋음'의 카테고리에 들어앉는 것들. 브랜드의 등급이나 가격, 유명세와는 상관없이. 물론 취향도 제자리에 머무르지 않고 자신의 경험이 쌓이며 조금씩 진화하고 어느 날은 자신이 알던 세계보다 몇 층 더 높아 보이는 무언가를 만나 눈이 번쩍 뜨이면서 퀀텀점프를 한다. 그 순간 지갑이 홀랑 털리기도 하고.

누군가는 허먼 밀러 의자에 앉아 린 손덱 턴테이블로 음악을 듣는 시간을 취향이라 하고, 또다른 누군가는 풍년 세라믹 삼중 코팅 프라이팬에 삼겹살을 구워 먹으며 라디오를 듣는 순간을 인생 최고의 시간이라 한다. 취향이라 하면 비싼 물건의 아우라를 먼저 떠올리기 쉽지만, 그리고 그게 잘못된 것도 아니지만 취향은 고급과 저급의 기준으로 재단될 수 있는 문제가 아닐 것이다. 자신의 취향을 잣대로 삼아 타인의 취향을 평가하기 시작하는 순간, 세상과 사물이 준 아름다움과 기쁨을 온전히 누릴 수 없게 되니까.

나는 달걀을 서니사이드 업으로 굽는 걸 좋아한다. 노른자가 탱글하게 솟아 있어야 하고, 흰자는 투명하지 않고 흰색으로 골고루 익어야 한다. 덜 익은 채 투명하고 누렇게 비치는 흰자는 어쩐지 마음에 들지 않는다. 흰자 가장자리에 일이 밀리미터 정도의 갈색 테두리가 생기면 가장 좋다. 기름에 살짝 튀겨져 바삭해진 가장자리는 포크로 단번에 잘리지 않는다. 포크 날로 몇 번 왔다갔다 움직여야 하거나 젓가락 한쪽으로 살짝 눌러가며 찢어야 한다. 바삭함과 부드러움, 고소함과 촉촉함이 함께 있는 상태, 그게 내가 좋아하는 달걀프라이다.

이렇듯 달걀 하나를 어떻게 익혀 먹느냐에도 저마다의 취향이 드러난다. 살아온 시간 속에서 자연스레 생겨난 기호들, 혹은 '딱히 특별한 취향이 없는 것 같은 취향'까지도. 어떤 일에서든 깊은 즐거움을 찾으려는 순간, 사소한 것들은 더이상 사소하지 않게 된다.

문득, 다른 사람들의 달걀프라이 취향까지 하나하나 궁금해지는 그런 아침이다.

그런 대로 괜찮은

| 나 미 비 아 |

나미비아 세스리엠에서 월비스베이로 향하던 길, 우리는 주유를 위해 외딴 마을 한 곳에 들르기로 했다. 아침에 가이드북에서 확인한 마을 이름은 '솔리테어Solitaire'. 고독, 사색, 혼자 사는 사람, 유일무이함 같은 의미를 지닌 단어였다. 이름만으로도 마을에 대한 기대가 생긴다.

솔리테어로 향하는 길은 묘하게 시간이 늘어나는 여정이었다. 사막의 지형 때문인지, 내비게이션 오류 때문인지 GPS 화면의 도착 시간은 줄어들지 않고 계속 늘어났다. 스물네 시간에서 스물여덟 시간으로, 또 서른세 시간으로. 여행사 직원 클레어는 네다섯 시간이면 충분히 도착한다고 했는데, 케이시와 나는 길 어딘가에 시간의 블랙홀 같은 게 있나보다며 웃었다. 정확한 도착 시간을 알 수 없는 길을 달리던 끝에, 저멀리 작은 마을의 간판이 사막의 열기 속에서 조금씩 모습을 드러냈다.

　마을 초입에 들어서자 풍경은 오래전에 보았던 영화 〈바그다드 카페〉를 떠올리게 했다. 황량한 주유소 앞에 모래바람이 일었고, 사막 한가운데 허름한 카페 앞에 무표정한 브렌다가 서 있을 것만 같다. 조금 더 들어가자 관광객들의 사륜구동 차량이 줄지어 있었다. 예상보다 많은 관광객들이 모여 있었다. 애니메이션 〈카우보이 비밥〉의 적막한 정서를 떠올려보고 있었는데 눈앞에는 영화 〈미드나잇 인 파리〉의 소란스러움이 펼쳐졌다. 마을은 단층 건물 몇 채가 전부였다. 잡화점과 우체국, 주유소와 정비소, 그리고 '맥그레거스 베이커리McGregor's Bakery'라는 이름의 카페까지. 작지만 필요한 것들은 모두 갖춘 곳이었다. 큰 기대 없이 들른 곳이었지만 솔리테어는 뜻밖에 매력적인 분위기를 가지고 있었다. 우리는 기름을 넣은 뒤 마을을 천천히 둘러보기로 했다.

　주유소 옆 잡화점에는 온갖 물건들이 빼곡했다. 여행에서 가장 재미있는 순간들 중 하나는 이런 가게를 둘러볼 때다. 특별히 살 게 없어도 이국적인 물건들을 훑어보는 동안 자신

　　　　　　　　쉽게

의 새로운 취향을 발견하기도 한다. 벽에는 오래된 자동차 번호판과 고철 간판들이 걸려 있었고, 그사이로 빨간 간판 하나가 눈에 들어왔다. 흰 글씨로 적힌 한국어였다.

코. 카. 콜. 라.

케이시와 나는 그 자리에서 그 단어를 소리 내어 읽었다. 나미비아의 작은 마을에서 한국어를 보게 된 상황이 신기했다. 어떤 문구든 상관없이 한국어가 적혀 있다는 사실 자체가 반가웠다. 한글로 쓰인 코카콜라 간판 하나 보았을 뿐인데도 이곳이 아군의 땅처럼 느껴졌다. 환영단도 없는데 환영받는 기분에 이끌려 가게 안에서 뭔가를 자꾸 사고 말았다. 소소한 것들을 담는 '탕진잼'에 빠지다보면 손에 들고 다녀야 할 비닐봉지들이 몇 개나 늘어나곤 한다.

주유와 바퀴 공기압 확인, 잡화점 구경까지 마친 뒤 드디어 맥그레거스 베이커리 카페에 가기로 했다. 여행지에서 잠시 들르는 카페에서의 시간은 언제나 보석 같다. 때로는 유명 관광지의 폭포보다 기억에 더 오래 남는다. 낯선 마을을 걷고 새로운 장소를 계속 드나들다보면 감각이 과열되어 도대체 뭘 본 건지 헷갈린다. 그럴 때 필요한 것이 바로 '카페 타임'이다.

McGregor's Bakery
Café
van der Lee
We Serve
Burgers
Salads
Steak & Chips
Cold Beer
Fish & Chips
Cooldrink
Welcome
Famous Apple Pie
Fresh Homemade
Meat Pies
Filter Coffee
Espresso
Pastries
Sandwiches

케이시와 나는 카페에 가면 한 테이블에 앉아 각자 자기 시간을 보낸다. 케이시는 커피를 고를 때부터 신중하다. 원두의 산지나 로스팅 방식을 묻고, 그곳에서만 맛볼 수 있는 커피를 주문한다. 커피를 천천히 음미하면서 구글 맵을 열어 다음 여정을 확인하고, 기사를 읽거나 낱말게임 또는 스도쿠를 한다. 나는 평소라면 고르지 않을 음료를 선택한다. 휘핑크림과 시럽이 잔뜩 들어간 로즈메리라테라든지, 늘 극구 사양하던 시럽을 몇 번씩 더 펌핑해 넣는 식이다. 여행중에는 괜히 평소하지 않던 일을 해야 할 것 같은 기분이 든다. 휘핑크림이 마지 심슨의 머리처럼 높게 올라간 로즈메리라테를 들고 오면 케이시가 눈빛으로 말한다. '이 사람 오늘 왜 이러지.' 나는 그 눈빛은 못 본 척하고 자리에 앉는다. 그냥 좀 신이 난다. 빨대로 크림을 걷어 먹으며 영수증을 정리하고 지나온 길의 지명과 여정, 기억에 남은 장면들을 메모한다. 귀에 스쳐 들린 음악을 샤잠^{Shazam} 앱으로 검색해 처음부터 다시 듣기도 하고, 카메라와 휴대폰으로 찍었던 사진들을 넘겨 보며 몇 장만 남기고 나머지는 지운다. 사진을 지울 때 망설임 없이 과감한 덕분에 가끔은 지우지 말아야 할 사진을 지우기도 하지만.

우리는 각자 하고 싶은 일을 야금야금 하면서, 쫓기지 않고 어딘가로 서둘러 갈 필요도 없는 이 시간을 정말 좋아한다. 여정과 여정 사이의 짧은 휴지기야말로 여행의 진짜 묘미지. 어쩌면 솔리테어에 도착해 이 카페를 봤을 때부터 내내 설레고 있었는지도 모를 일이다.

　　맥그레거스 베이커리 카페에 도착하니 카운터에서 시작된 줄이 카페 밖까지 길게 이어져 있었다. 우리는 애플파이와 라테를 주문했다. 메뉴에 없는 아이스라테가 가능한지 묻자 직원은 잠시 고민하더니 시간이 좀 걸리겠지만 만들어줄 수 있다고 했다. 그러나 한참이 지나도 음료가 나오지 않아 다른 걸로 바꿀까 생각하던 순간, 직원이 내 이름을 불렀다. 쟁반 위에는 애플파이와 뜨거운 라테 두 잔, 사각얼음 몇 개가 담긴 검은색 비닐봉지, 그리고 빈 컵 하나가 놓여 있었다. 유리컵 바깥으로 물방울이 송글송글 맺힌 시원한 아이스라테를 기대했던 내게 돌아온 것은 뜨거운 라테에 얼음을 직접 넣어 마시는 방식이었다. '냉동실에서 얼음 몇 개를 꺼내주는 일이었으면서, 왜 이렇게 오래 걸렸지?'라는 생각도 스쳤지만 묻지도 따지지도 않고 쟁반을 들고 자리로 돌아왔다.

얼음을 모조리 쏟아붓고도 미지근한 라테를 마시고 있는데, 옆 테이블의 대화가 들렸다. 이곳 맥그레거스 베이커리가 나미비아 최고의 애플파이집이라는 이야기였다. 그들의 “최에고오!”라는 들뜬 감탄과는 달리 정작 애플파이는 평범한 편이었다. 투박한 모양새는 미국 가정집에서 갓 구운 파이와 비슷했고, 사과가 듬뿍 들어 향도 좋았지만 ‘최에고오’라는 표현을 붙일 만큼의 임팩트는 없었다. 배가 몹시 고팠더라면 맛있게 먹었을 그런 파이였다. 굳이 ‘최에고오’가 따라붙는 이유가 뭘까. 사막 한가운데 있는 유일한 베이커리라는 특수성 때문일까. 어쩌면 ‘최에고오’라는 이름표가 없었더라면 더 맛있게 기억될 파이였는지도 모른다는 생각도 들었다. 나는 갑자기 엄격한 카피라이터라도 된 듯 케이시에게 말했다.

“최고라는 말을 붙이는 순간 비교의 무대에 올려놓는 거잖아. 정말 좋은 평을 원했다면 최고보다는 ‘그런대로 괜찮은’ ‘그런대로 먹을 만한’ ‘그런대로 쓸 만한’ 정도가 훨씬 설득력 있지 않아?”

내 말을 들은 케이시는 웃으며 말했다.

“그럼 이제부터 나는 당신을 ‘최고의 아내’가 아니라 ‘그런대로 괜찮은 아내’라고 소개해야겠네?”

흠. 방금 전까지만 해도 제법 논리적인 주장을 하고 있었다고 생각했는데, 케이시의 입에서 저 말이 나오자 내 말은 순식간에 힘을 잃어버렸다. 그뒤로도 우리는 이게 맞다, 저게 맞다 허술한 논리를 주고받으며 '그런대로 괜찮은' 애플파이를 먹었다.

애플파이를 다 먹어갈 즈음, 베이커리 앞에 할리데이비슨 무리가 들어섰다. 번들거리는 가죽바지와 조끼, 페이즐리 패턴의 반다나, 선글라스를 쓴 전형적인 바이크족 차림이었다. 그중에는 칠십대 후반은 족히 되어 보이는 노부부도 있었다. 두 사람은 천천히 오토바이에서 내렸고, 남편으로 보이는 할아버지는 베이커리 앞에서 아내를 기다렸다가 손을 잡고 안으로 들어갔다. 특별할 것 없는 행동이었지만 서로를 챙기는 모습에는 함께 보낸 세월이 묻어 있었다.

순간 왜인지, 예전에 본 인터넷 밈 하나가 떠올랐다. 제목은 "이런 외모가 진짜 멘탈 갑이다"였던 것 같다. 검은 아이라이너에 스모키화장, 온몸의 문신으로 강해 보이는 사람들은 의외로 바사삭 깨지는 유리멘탈이고, 단정하고 조용한 차림의 사람들이 오히려 멘탈이 강하다는 내용이었다. 모두에게 들어맞는 말은 아니지만 아주 틀린 말도 아니라는 생각이 들었다. 터프한 가죽재킷 차림의 할아버지와 할머니도 어쩌면 의외로 여린 멘탈에 꽁냥꽁냥 타입일지도 모른다고 생각하니 그들의 걸음과 서로를 챙기는 모습이 귀엽게 보였다.

카페 안은 금세 발 디딜 틈이 없을 만큼 붐비기 시작했다. 케이시와 나는 말없이 동시에 남은 커피를 들이켜고 자리에서 일어났다. 사람 많은 곳을 오래 버티지 못하는 우리는 빈 컵과 쟁반을 반납한 뒤 손을 잡고 차로 향했다.

다정함은 전염성이 강하다. 우리는 조금 전 봤던 가죽 재킷 차림의 노부부처럼 자연스럽게 손을 맞잡았다. 손을 위로 아래로 크게크게 흔들며 차로 걸어갔다. 쟁반 위에 두고 온 차 키가 번쩍 떠올라 다시 카페로 뛰어들어가기 전까지만 말이다.

카디널 모빌 만들기

| 케이프코드 |

제니가 보낸 카드를 꺼내 읽고 있다. 표지에는 나이테가 그려져 있는데, 겹겹이 둘러진 원들이 해마다 꾹꾹 눌러쓴 일기장 같다. 세월을 견딘 나이테 한 줄 한 줄에 자연이 담겨 있다. 제니의 시와 닮았다.

우리는 한국과 미국에 떨어져 지내지만 거의 매일 영상통화를 한다. 얼굴을 자주 보는데도 굳이 옛날사람처럼 편지를 주고받는다. 도착한 편지를 읽으면 동영상 화면 너머와는 또다른 맛이 있다. 글을 쓸 때의 모습이 떠오른다. 느리지만 풀어진 마음, 혹은 가라앉았거나 무언가에 빠져 들뜬 마음 같은 것들이 더 잘 보인다.

카드를 덮고 거실 창문을 열면 케이프코드의 계절이 한

눈에 들어온다. 10월의 이곳은 초겨울처럼 쌀쌀하다. 관광객이 빠져나간 도시는 이른 겨울잠에 든 듯 고요해지는데, 그 적막함이 오히려 마음에 든다. 해변이나 뒷산을 걷기에도, 새들을 지켜보기에도 더없이 좋은 계절이다.

창밖에서 담주황색 가슴의 개똥지빠귀가 노래한다. 주방 싱크대 앞에 서면 뒷마당의 새집과 모이통이 보인다. 그곳의 새들과 다람쥐를 관찰하는 게 갈수록 재미있어진다. 거꾸로 매달려 모이를 먹는 동고비는 볼 때마다 신기하고, 머리가 까맣고 통통한 박새는 모이통에 잠깐 들러 해바라기씨 몇 알만 물고 금세 다른 곳으로 날아간다.

모이통에 오래 머무르지 않는 박새 이야기를 꺼냈더니 케이시는, 박새가 배려심이 강해 자신이 먹을 양만 먹고 다른 새들에게 양보한 뒤 다시 차례를 기다리는 습성이 있다고 한다. 내 말에 설명을 덧붙여주는 케이시도, 그렇게 살아가는 새들의 세계도 기특하고 어여쁘다. 이런 이야기를 듣고 있으면 제니의 편지를 읽을 때처럼 삶에 기분좋게 취한 상태가 된다.

출장과 여행이 부쩍 잦아진 요즘, 몇 달 만에 집에 돌아오는 날이면 케이시는 짐을 풀기도 전에 새 모이부터 챙긴다. 그 다급한 모습은 뒷마당에 무슨 큰일이라도 난 것처럼 보일 때

  쉽게

도 있다. 모이를 조금 늦게 준다고 큰일이 생길 리는 없지만, 그는 늘 그것부터 먼저 해두고 나서야 짐을 풀고 일을 시작한다. 씨앗으로 가득 채운 모이통을 걸어두고 다음 날 아침 뒤뜰에 모여든 새들을 바라볼 때면 "아, 집이다!"라는 기분이 든다고. 그 모습을 지켜볼 때마다 내가 여태 알아왔던 삶말고도 여러가지 다른 모습의 삶을 본다.

며칠째 거세게 불던 바람이 잦아들고 날씨가 좋아, 옆 동네 하이애니스Hyannis에 있는 존에프케네디박물관에 다녀왔다. 전시실에는 케네디와 그의 가족, 친지들이 함께한 어린 시절의 사진과 영상이 놓여 있었다. 바닷가에서의 흑백사진들은 고전 영화같기도 했다. 관람을 마치고 항구 쪽으로 걸어 나오니 바다 위에 하얀 요트들이 일정한 간격으로 묶여 있었다. 그사이를 가르며 낸터킷Nantucket과 마서스비니어드Martha's Vineyard로 향하는 페리가 낮은 엔진 소리를 남기며 천천히 지나갔다. 바다는 잔잔했고 물결도 크지 않았다. 그 광경을 바라보고 있자니 바다 건너 어딘가의 풍경이 겹쳐졌다. 방파제 너머로 배들이 드나들던 거제도의 항구. 오후가 되면 유난히 밝아지던 수면의 빛, 특별한 목적 없이도 오래 서서 바라보게 되던 그 시간들. 모든 떠돌이들을 아무런 질문 없이 받아주는 이 바다에 오면 한국 고향집에 다시 서 있는 기분이다. 바다는, 모든 바다는 하나로 연결되어 있기 때문에 그런 것일까.

집으로 돌아오는 길, 바람에 꺾여 떨어진 나뭇가지들을 주워왔다. 길게 뻗은 줄기와 자연스럽게 휘어진 곡선이 새 모빌을 만들기에 알맞아 보였다. 집에 돌아와 나무를 부드럽게 만드는 방법을 찾아보니, 가지에 물을 적셔 천으로 감아 원하는 형태를 잡아가며 며칠 말리는 방법이었다. 며칠간 작업을 반복한 끝에 부드러워진 가지를 몇 가닥씩 포갠 뒤 새의 형상을 만들어보았다. 그리고 서랍 속에 오래 보관해둔 빨간 홍관조cardinal 장식을 꺼내 모빌에 매달아보니, 그제야 전체가 그럴싸해진다.

미국에서는 홍관조를 사랑하는 이의 환생이나 영혼의 방문으로 여긴다고 한다. 동네 사람들과 마당에 나와 이야기를 나누다보면 빨간 새가 눈에 띌 때가 있다. 그럴 때면 그들은 거의 동시에 같은 말을 했다.

"엄마가 나를 보러 온 모양이다."

"저기, 아빠가 왔네……."

CVS 같은 미국의 드러그스토어나 슈퍼마켓의 카드 가

판대에서도 추모카드에 홍관조 그림이 그려진 것을 쉽게 볼
수 있다. 한국에서 하얀 나비를 보며 떠나간 가족을 떠올리는
마음과 비슷한 것일까. 이제는 나도 홍관조를 보면 하던 일을
멈추고 바라보게 된다. 그것이 몇 달 전 돌아가신 엄마의 환
영이라고 믿는 건 아니지만 왠지 엄마의 흔적이 스며 있는 듯
하다.

　　거실 천장에서 카디널 모빌이 바람에 흔들릴 때면, 나뭇
가지 사이로 다정한 기운이 새어나온다. 빛을 받으면 천천히
도는 빨간 카디널의 모습은 마치 누군가가 멀리서 손을 흔드
는 장면을 떠올리게 한다. 흔들리며 돌아가는 이 새를 이번에
는 잃어버리지 않고 오래 가까이서 바라보고만 싶다.

페르난두 페소아와 춤을 추는 사람들

| 리스본 |

페르난두 페소아를 처음 알게 된 건 몇 년 전, 제니가 내게 『불안의 서』를 선물해주면서였다. 처음엔 이름조차 낯설었지만 책장을 넘길수록 헤어나오기 힘들었다. 고독과 사유, 내면의 다중성과 삶의 불안을 그토록 투명하게 써내려간 글은 처음이었다. 내 마음 가장 깊은 바닥을 함께, 혹은 나 대신 걸어주는 것만 같았다. 그래서 리스본에 오자마자 케이시와 나는 우리 마음대로 '페르난두 페소아의 날'이라고 정하고 그와 관련된 곳을 가보기로 했다.

제일 먼저 찾은 곳은 페소아의 집이었다. 입구의 화단에 핀 알리움꽃의 청보라색이 인상적이었다. 아마 앞으로 페소아를 떠올릴 때면 이 청보라색이 가장 먼저 떠오를 것 같았다.

3층 전시관에는 그의 필사본과 주석, 여백에 남겨진 메모들이 가득했다.

"우주처럼 다원적인 존재로 살아라(Be as Plural as the Universe)."

페소아는 하나의 얼굴만으로는 살아갈 수 없다고 믿은 사람이었다. 그는 자신의 내면에 있는 여러 자아들에게 이름을 주었고, 각기 다른 언어와 방식으로 글을 썼다.

그의 서재에는 수백 권의 책이 꽂혀 있었다. 언어, 수학, 음악, 종교, 철학…… 분야를 가리지 않은 책들이 빽빽하게 들어찬 공간에 들어섰다. 그는 왠지 외로운 사람이었을 것 같다. 혼자 읽고, 스스로 사유하고, 세계를 깊이 이해하려는 사람들에게 찾아오는 고유한 외로움. 그러나 그는 바로 그 고독 속에서만 자신의 목소리를 발견할 수 있었으리라.

1층 유리 선반에는 유년 시절 그가 사용했던 작은 숟가락 하나가 놓여 있었다. 평범한 물건이 세계 곳곳에서 온 사람

쉽게

들의 눈앞에 놓여 각자의 기억과 이야기를 불러낸다. 유명세란 이런 것이겠지. 누군가의 이름과 삶이 한 점의 사물 위에 겹쳐지면, 그저 일상이었던 물건에도 의미가 덧입혀지고 시간이 지날수록 하나의 신화가 만들어지는 것.

페소아의 서랍장 앞에는 또 메모 한 장이 붙어 있었다.

"1914년 3월 8일, 모든 걸 포기한 채 내려놓던 어느 날, 서랍장에서 종이를 꺼내 글을 쓰기 시작했다. 그 자리에서 시 서른 편을 단숨에 써내려갔다. 인생에서 가장 황홀한 순간이었고, 그런 순간은 두 번 다시 오지 않았다."

창작자가 영감과 몰입의 문턱을 어떻게 넘어가는지, 그 순간이 어떤 상태였을지 생각해보게 되는 장면이었다.

그의 무덤은 제로니무스수도원Jeronimos Monastery 안에 있다. 왕과 정치가의 무덤 사이에 시인의 무덤이 함께 놓여 있다는 사실은 포르투갈이라는 나라가 무엇을 품격으로 여기는지를 드러낸다.

PARA SER GRANDE, sê inteiro: nada
Teu exagera ou exclui.
Sê todo em cada coisa. Põe quanto és
No mínimo que fazes.
Assim em cada lago a lua toda
Brilha, porque alta vive.
14.2.1933   Ricardo Reis

FERNANDO
PESSOA

1888-1935

13 JUNHO 1985

마지막으로 향한 곳은 그가 자주 찾았던 술집 아브라질레이라A Brasileira. 메뉴판에는 "삶은 좋지만 와인은 더 좋다"는 그의 문장이 적혀 있었다. 그 말을 읽으며 웃음이 났다. 페소아는 결국 춤추듯 살아야 한다고 말하는 사람 아니었을까. 진지함 속에서도 유머를 잃지 않고, 불안을 껴안은 채로 자유롭게 움직이며 계속 글을 쓴 사람.

페소아의 집을 나온 뒤, 판테온 옆 광장에서 춤을 추는 사람들을 보았다. 멀리서는 연인처럼 보였지만 가까이 다가가니 성별도 나이도 제각각이었다. 할아버지와 손녀처럼 보이는 한 쌍은 오래된 친구처럼 춤을 추고 있었다. 그 조합이 궁금해 어떻게 모여 춤을 추게 되었는지 물어보니 모두 오픈 소셜댄스 클럽의 회원들이라고 했다. 그들은 주말마다 함께 모여 린디홉lindy hop을 춘다고 했다. 처음 들어보는 춤이었다. 계속 보다가 이상한 점을 발견했는데 그 춤에는 배경음악이 없었다. 그런데도 모두가 같은 박자에 맞춰 원을 그리듯 움직였다. 놀이공원의 회전컵처럼 일정한 간격을 유지하며 서로 부딪히지 않고 빙글빙글 조화롭게 돌고 있었다.

호텔로 돌아와 사진을 넘겨 보니, 찍을 때는 미처 보지 못했던 장면들이 눈에 들어온다. 춤을 추는 순간보다도, 춤을 마친 뒤의 표정들이 더 눈에 띄었다. 서로의 등을 가볍게 두드려 주고 안아주거나 박수를 치며 함께 기뻐하는 얼굴들. 조금씩 기울어가는 금빛 햇살 속에서 그 얼굴들이 반짝이고 있었다.

리스본에서는 시간마저 자유로운 리듬을 타고 흐르는 듯하다. 위도가 높은 북반구의 도시라 해가 늦게 지고, 서머타임까지 더해지니 4월의 석양은 밤 아홉시가 되어서야 바다 너머로 떨어진다. 하루가 긴 만큼 우리도 저녁 시간이 점점 늦어져 오늘은 밤 여덟시가 다 되어서야 식당에 들어섰다. 늦은 시간인데도 식당은 붐볐고, 그제야 이 도시의 진짜 저녁이 시작되는 것 같았다. 느긋하게 밥을 먹고 나니 어느새 밤 열한시였다. 평소라면 잠들 시간이지만 거리는 여전히 밝고 사람들로 가득했다. 서울 홍대를 떠올리게 할 만큼 북적이고 활기찼다. 공원 곳곳에서 춤을 추고 있는 사람들이 보였다. 그들의 춤은 제멋대로였지만 각자의 리듬을 타는 모습에서 리스본이 가진 자유와 흥이 느껴졌다.

페소아라면 이렇게 말하지 않았을까.

"꼭 무엇이 될 필요는 없다.

흔들리며 여러 모습으로 춤추듯 살아라."

그리고 또 한마디.

"삶은 좋지만, 춤은 더 좋다"라고도.

쉽게

양파 대파 샌드위치, 초록과 빨강, 연말의 색

| 휴스턴 |

12월 31일, 올해 마지막 집밥 점심으로 연말 분위기가 묻어나는 샌드위치를 만들었다. 크림치즈 위에 매콤한 고추장을 얇게 펴 바르고, 그 위에 스크램블드에그와 구운 양파, 대파, 파프리카, 파르미자노레자노치즈를 올린 샌드위치. 재료를 하나하나 부르다보니 이름이 점점 길어져 결국 김수한무거북이와두루미 샌드위치가 되었다. '김수한무거북이와두루미'라니, 아재 개그를 치는 동년배를 보면 '앗 제발'이라는 얼굴을 지어 보이지만 나는 언제나 한술 더 뜨는 사람이다. 내가 말하는 개그가 무엇인지 알고, 그 유래까지 아는 사람이다 싶으면 그 시절을 주름잡던 의류 브랜드 브렌따노, 헌트, 미치코런던, 언더우드를 입에 올린다.

이렇게 중년의 향을 걸치고 만 이 샌드위치 속에는 초록과 빨강이 담겨 있다. 크리스마스를 연상시키는 색감 덕분에 이 요리는 내게 자연스럽게 연말 음식이 된다. 연말 샌드위치를 먹으며 한 해를 정리하는데 문득 몇 달 전 한국에 갔을 때, 아빠의 공책에서 보았던 손 글씨가 떠올랐다.

"하루를 살아도 기쁘게 행복하게 살자. 사랑을 다하고 아끼고 칭찬하고 웃음을 잊지 말고 재미있게 살자."

그 한 줄을 보는 순간 마음이 아렸다. 지금 충분히 행복한 사람이라면 굳이 이런 문장을 공책 맨 위에 적어두진 않았겠지. 엄마가 떠난 뒤 얼마나 외롭고 적적하셨으면 이 문장을 마치 매일의 잠언처럼 보며 하루를 붙잡으려고 하셨을까. 배우자를 잃은 슬픔과 부모를 잃은 슬픔 중 어느 쪽이 더 큰지는 가늠하기 어렵지만, 매일 마주하던 얼굴을 이제는 사진 속에서만 볼 수 있다는 사실은, 집에 들어오며 "여보, 나 왔어"라고 사진을 향해 말하게 되는 일상은, 분명 먹먹한 일임에는 틀림없다.

한 해의 마지막날, 새해 계획을 세우며 아빠의 메모를 따라 적어본다. 소소한 것 같지만 실은 지키기 어려운 다짐을. "기쁘게, 행복하게, 사랑을 다하고, 아끼고, 칭찬하고, 재미있게 살아보자." 그리고 무엇을 더 할까보다는 무엇을 덜 할까를 생각해보자. 새로운 것을 채우는 일도 필요하지만 쌓여서 멈춰 있는 것들부터 덜어내야 새로운 것들이 드나들며 순환이 생긴다.

무언가를 더하기보다는 지금 있는 것에서 뺀다고 생각하면 당장 움직이지 않아도 된다는 여유가 생긴다. 그냥 있는 그대로 살아도 된다는 마음이 되면, 금세 마음이 가벼워진다. 기분좋게 새해를 열 수 있다. 결국 아무것도 안 해도 될 것 같다.

그럴듯한 핑계꾼의 구실 좋은 신년 계획이 꽤나 영리하다.

늙음을 느끼는 마음에 대하여

| 루안다 |

루안다 시내의 키좀바Kizomba 타운하우스에서 크리스마스 마켓이 열려 지인과 함께 다녀왔다. 입장료는 대략 만 원 정도였는데 입장료 전액과 판매 금액의 30퍼센트가 고아원에 기부된다고 했다. 마켓에는 아프리카공예품과 옷, 그림, 장신구, 전통 수예 그릇, 라탄으로 만든 소쿠리와 수납함 같은 것들이 가득했다. 살 만한 것도 있었지만 사놓고 나중에 쓰지 않는 물건이 될까 걱정되는 물건도 있었다. 그러나 망설인 것도 잠시 어느새 이것저것을 쓸어 담고 있었다. 등을 긁는 효자손인지 수프를 젓는 주걱인지 알 수 없는 길쭉한 나무스틱 같은 것만 해도 이미 대여섯 개를 집었다. 그때 한 앙골라 여인이 자기 부스 앞에서 내 팔을 잡아끌더니 동그랗고 길쭉한 바오밥나무 열매 '무카'로 만든 가방을 보여주었다. 나에게 잘 어울

릴 것 같다고 했다. 어떤 면에서 그 무카 가방이 나와 잘 어울리는지 내 미천한 포르투갈어 실력으로는 물어볼 수 없어 아쉬웠다. 그 이유를 들었더라면 나는 무카 가방 두세 개를 주렁주렁 매달고 커다란 바오밥나무처럼 크리스마스 마켓을 돌아다녔을 텐데. 아무튼 쓸모를 알 수 없으나 언젠가, 어딘가 쓸모 있는 것들이 가득한 장터 이곳저곳을 돌아보았다.

마켓을 나온 뒤, 함께 간 지인 M과 커피를 마셨다. M은 이십대 중반의 영국인으로 작년에 대학을 졸업했으니 나와는 스무 살 넘게 차이가 난다. M은 요즘 자신이 갑작스레 확 늙었다는 기분이 든다고 말했다. 무언가에 뒤처졌다거나 일이 버겁다는 이유가 아니라 말 그대로 '너무 늙었다'는 생각에 무엇을 해도 흥이 나지 않는다는 것이었다.

순간 한창때의 이십대가 이런 말을 하나 싶기도 했지만, 생각해보니 어리다고 해서 자신의 늙음을 한탄하지 못할 이유가 없었다. 이십대가 '나는 너무 늙었어'라고 말할 때 오십대가 그 말을 바로 납득하지 못하는 것은 그 기분을 이해하지 못해서가 아니라, 어쩌면 내 안의 젊음을 한동안 잊고 있었기 때문일지도 모르겠다.

늙음은 나이가 들었다고 생기는 게 아니라 그냥 어느 날 불쑥 찾아오는 기분이고 감각이다. 이십대의 늙음은 너무 빠르게 흘러가는 시간의 속도에 대한 놀라움일 수 있고, 칠십대의 늙음은 그 속도에 익숙해졌다고 생각했는데 어느 순간 더욱더 빨라진 속도에 대한 놀라움일 수 있다. 그러니 나이와 상관없이 누구나 늙음을 느낄 수 있고 자신의 늙음에 대해 이야기할 수 있는 것이 당연하다.

누군가가 늙었다고 말한다면 그 말의 무게나 실제 나이를 재지 말고 그 사람이 지금 자신의 시간 속에서 얼마나 깊이 살아 있는지 그리고 무엇이 그를 노쇠한 기분에 잠기게 했는지를 잘 들어줘야겠구나 생각했는데, 문득 나 역시 최근에 너무 늙었다는 기분에 온몸과 마음이 잠겨 있었다는 것을 새삼 느낀다.

세상에, 벌써 오십 중반이라니. 아무것도 한 게 없어. 앞으로는 무엇을 하며 살 거냐……. 육십에는, 칠십에는 너는 어떤 얼굴이 되어 있을 거 같냐……. 지금은 어쩌다가 아프리카까지 들어와 크게 공통점도 없는 어린 영국인과 돌아다니며 등긁이를 사고, 나무 열매 가방이나 어깨에 메어보면서 오늘의 날들을 흘려보내고 있느냐……. 젊다고 하긴 애매한 나이에 고국을 떠나 살다보면, 내가 쌓아온 사람과 주변의 상황이 한순간에 사라진다. 그 무엇도 아닌 얼굴로 길가에 난 잡풀처럼 서 있는 기분이 들 때가 있다. 그런데 그런 헛헛함이, 세상에 홀로 되는 것 같은 기분이 또 그리 나쁘지만은 않다. 혼자 있는 환경에 놓이면 내가 어떤 사람인지가 오히려 잘 보인다. 내가 어떤 패턴을 반복하는 사람인지, 하루에 열 시간을 몰아 쓰고 며칠은 가만히 누워 있는 사람인지, 무엇에 마음이 움찔하는 사람인지 같은 것들. 그래서 이 헛헛한 느림 속에서 대충 흘러가는 대로 좀 떠다니듯 사는 것도 필요하다고, 괜찮다고 스스로에게 말해왔지만, 어떤 날은 이 '대충'이 도무지 괜찮지가 않다. 이미 많이 살았다고 느끼다가도 살아갈 날이 너무 길게 남은 기분이다.

M 앞에서 나야말로 정말 늙어버렸다고, 정말이지 너무 늙었고 어디에도 쓸모가 없는 사람인 거 같다고 밀하고 싶었는데, 그 말이 순식간에 목구멍 안으로 쏙 사라지고 말았다. 이십대의 늙음 한탄이 중년의 한탄을 단번에 앗아가는 통쾌한 장면 속에서 마시는 오후의 커피 한 잔.

　나도 다음에 나이가 훨씬 많은 분 앞에서 "제가 요즘 너무 늙은 것 같아요. 앞으로 어떻게 살아야 할지 모르겠어요"라고 넋두리를 늘어놓으며 핀잔을 들어볼까 싶다. 그렇게 윗사람의 마음을 조금은 엉뚱하게 달래드리고, 어이없어 하는 얼굴 앞에서 서로의 늙음을 잊게 만드는 귀여운 전술을 한 번쯤 써볼까보다.

앵무새 파코

| 케이프코드 |

퍼스트인카운터비치First Encounter Beach에서 노을을 기다리고 있으면 어느 순간 해변 전체가 이전과는 다른 공기로 술렁인다. 앵무새 파코가 등장했기 때문이다. 파코는 딱 봐도 이곳의 진짜 주인 같다. 깃털은 노을빛을 받아 더 붉게 타오르고, 하늘의 색이 미세하게 달라질 때마다 깃털에는 금빛이 번진다. 노을빛이 파코 쪽으로 기울어지고 있다.

파코의 쇼는 주인의 어깨 위에서 시작된다. 파코를 어깨에 얹은 주인이 해변으로 천천히 걸어들어오는 그 순간부터 사람들의 시선은 그 둘에게 꽂힌다. 매일 해가 떨어지는 시간, 거의 같은 장면이 반복되지만 그곳의 모두는 질려하지 않는다. "오늘도 파코가 올까요?" 서로에게 물으며 사람들은 같은 쇼를 기다린다.

파코를 데리고 나타나는 중년 남자는 으스대는 것은 아닌데 으스대는 것 같고, 우아하게 보이는 것은 아니지만 조금 있어 보이는 태도가 있다. 하지만 몇 번 마주치고 나면 알게 된다. 그는 우아하다거나 명상적인 사람이라기보다 매사에 특별한 생각을 품고 있지 않은 중년 남자 쪽에 가깝다는 걸. 겹겹의 페이스트리 같은 사람이라기보다는 건빵에 가까운 사람. 복잡한 여러 겹을 숨기고 있는 사람이 아니라 단단하고 단순한 한 겹의 사람. 특별한 향도 없지만 늘 같은 자리에 있는 사람. 한결같이 건조한 맛이 나지만 씹을수록 단맛이 나는 사람.

사람들이 다가와 파코를 만져도 되는지 조심스레 물어보면, 그는 늘 같은 말투로 "팔을 이리로 뻗어보슈. 내가 그 위에 파코를 올려줄 테니 소리지르거나 크게 움직이지 마쇼. 사진도 마음껏 찍으쇼"라고 한다. 세상 모든 것을 가진 사람처럼 낮게 퍼지는 중저음의 동굴 같은 목소리다. 그는 파코를 건네며 툭 던지는 말투로 "지금을 즐겨"라고 덧붙인다. 그 말을 들을 때마다 나는 속으로 그의 말투를 따라 해본다. '지금을 즐겨.'

자신이 가진 것을 꼭 쥐려 하지 않고 자연이 준 기쁨을 사람들과 기꺼이 나누는 사람. 모두에게 개나 고양이가 있다면 그에게는 앵무새가 있을 뿐이었다. 누군가에게 자신의 개를 보여주면서 저기 벗어놓은 모자에 동전을 넣으라고 하지 않듯 그도 앵무새로 돈벌이를 하지 않는다. 그에게도 파코는 그저 가족이었다. 파코가 거대하고 특이하고 아름다운 새라는 사실은, 모두의 시선을 단번에 사로잡는 그 황홀함은, 어쩌면 그에게는 이미 오래전에 사라진 특수성이었을지도 모른다. 지금 현재 남아 있는 것은 언제나 노을과 함께하는 존재, 해변에서 같이 노을을 기다리는 가족이라는 사실뿐이다.

파코는 앵무새지만 나는 여태껏 파코가 말하는 걸 직접 들은 적은 없다. 사람들은 파코가 짧은 문장을 말할 줄 알고, 종종 농담을 던지기도 하며, 저녁마다 이 해변으로 산책 나오는 개들의 이름을 부르기도 한다고 했다. 하지만 그 시간의 파코는 그저 누군가의 팔뚝에 가만히 앉아 그저 바다만 바라본다. 누군가가 노을과 등지고 있다면 그 팔뚝 위에서 파코는 방향을 틀어 노을 쪽으로 항상 몸을 돌렸다. 말하지 않는 철학자 같다. 베토벤의 〈피아노협주곡 5번 '황제' 2악장 아다지오〉가 배경음악으로 흘러나오면 좋겠다는 생각이 든다.

이 해변에는 노을이 두 개다.

하나는 하늘에, 다른 하나는 파코의 깃털에.

두 노을 사이에서 사람들은 조용히 하루를 털어낸다.

자연이 주는 선물을 역시나 말없이 바라보면서.

붉게 물든 노을과 얼마나 잘 어울리는 앵무새인지.

붉은빛이 이토록 넓게, 멀리 퍼져나갈 수 있다니,

붉은 아름다움이 도처에 넘쳐난다.

쉽게 자주 반하는 마음

초판 인쇄   2026년 2월 23일
초판 발행   2026년 3월 6일

글·사진   이에니

주간   김현정
편집   변규미 오예림
디자인   조아름
마케팅   정민호 한민아 이민경 한경화 박진희 황승현 김경언 양지연
브랜딩   함유지 이송이 박민재 김하연 신은서 이준희 조다현
제작   강신은 김동욱 이순호

펴낸이   이병률
펴낸곳   달 출판사
출판등록   2009년 5월 26일 제406-2009-000034호
주소   10881 경기도 파주시 회동길 455-3
이메일   dal@munhak.com
SNS   dalpublishers
전화번호   031-8071-8683(편집) 031-955-2690(마케팅)
팩스   031-8071-8672
ISBN   979-11-5816-205-4 (03810)